当名著遇见科学

八十天环游地球

下篇

［法］儒勒·凡尔纳 著
［英］凯蒂·迪克尔 改编
王晋 译

电子工业出版社
Publishing House of Electronics Industry
北京·BEIJING

Published in 2021 by Mortimer Children's Books
An imprint of Welbeck Children's Limited, part of Welbeck Publishing Group
20 Mortimer Street London W1T 3JW

Text, Illustration & Design © Welbeck Children's Limited, part of Welbeck Publishing Group.

本书中文简体版专有出版权授予电子工业出版社。未经许可，不得以任何方式复制或抄袭本书的任何部分。
版权贸易合同登记号　图字：01-2022-7104

图书在版编目（CIP）数据

八十天环游地球：上下篇／（法）儒勒•凡尔纳著；（英）凯蒂•迪克尔改编；王晋译．—北京：电子工业出版社，2023.5
（当名著遇见科学）
书名原文：STEAM TALES
ISBN 978-7-121-44975-8

Ⅰ．①八… Ⅱ．①儒… ②凯… ③王… Ⅲ．①幻想小说－法国－近代 Ⅳ．①I565.44

中国国家版本馆 CIP 数据核字（2023）第 017555 号

审图号：GS 京（2022）1401 号
本书插图系原文插图。

®"企鹅"及其相关标识是企鹅兰登已经注册或尚未注册的商标。
未经允许，不得擅用。
封底凡无企鹅防伪标识者均属未经授权之非法版本。

责任编辑：郭景瑶
文字编辑：刘　晓
印　　刷：北京利丰雅高长城印刷有限公司
装　　订：北京利丰雅高长城印刷有限公司
出版发行：电子工业出版社
　　　　　北京市海淀区万寿路 173 信箱　邮编：100036
开　　本：787×980　1/16　印张：41　字数：524.8 千字
版　　次：2023 年 5 月第 1 版
印　　次：2023 年 5 月第 1 次印刷
定　　价：239.00 元（全 8 册）

凡所购买电子工业出版社图书有缺损问题，请向购买书店调换。若书店售缺，请与本社发行部联系，联系及邮购电话：（010）88254888，88258888。
质量投诉请发邮件至 zlts@phei.com.cn，盗版侵权举报请发邮件至 dbqq@phei.com.cn。
本书咨询联系方式：（010）88254210，influence@phei.com.cn，微信号：yingxianglibook。

目 录
contents

第六站 新加坡和中国香港

- 风暴眼 / 009
- 洋流 / 017
- 在玻璃罐中造一片海 / 018
- 制作自航船 / 020

第七站 日本横滨

- 海事信号 / 025
- 马戏团表演中的科学 / 030
- 制作旋涡 / 034
- 来一场马戏团表演 / 036

第八站 美国旧金山

- 美洲野牛 / 042
- 全速前进！/ 044
- 测试纸桥 / 050
- 剪一朵雪花 / 052

第九站 美国纽约

- 风力 / 056
- 碳的特性 / 061
- 制作风力车 / 064
- 制造炭黑 / 066

第十站 英国利物浦和伦敦

- 年、月、日 / 075
- 时区 / 077
- 用纸糊一个地球仪 / 080
- 制作世界时钟 / 082

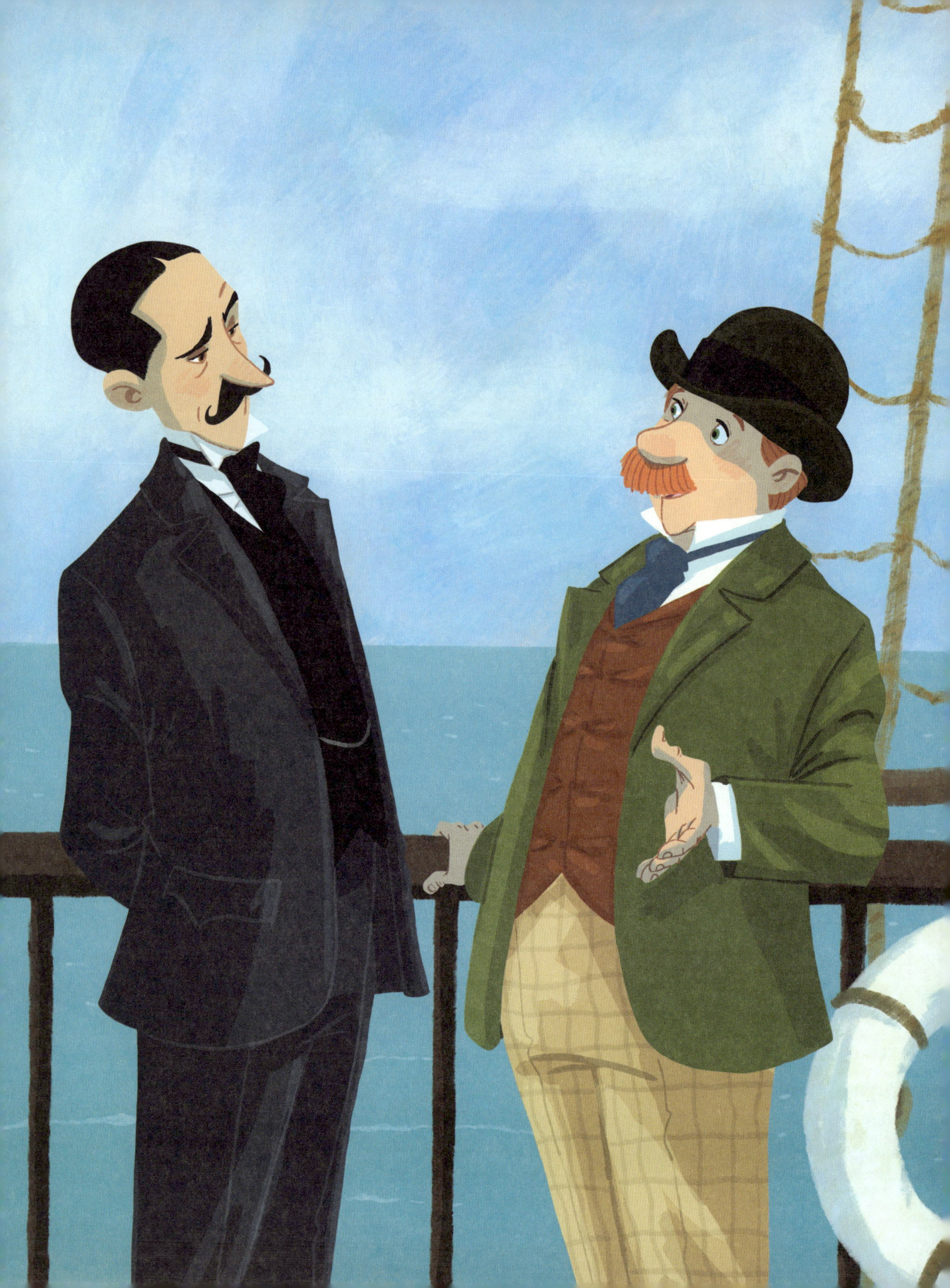

第六站　新加坡和中国香港

从那以后,菲克斯和万事通经常在甲板上见面,而福格不是打牌,就是陪着奥达。万事通不明白,为什么他们总是碰到菲克斯。万事通认为,菲克斯一定是福格在改良俱乐部的朋友派来监视他的。他决定什么都不跟主人说,免得伤了他的自尊心。

十月三十一日,"仰光号"在新加坡停靠,补充燃料。这比预定时间提前了半天。福格和奥达乘坐马车欣赏这里的田园风光。猴子在树上跳来跳去,灌木丛深处藏着老虎。两个小时后,他们回到城里,十点上了船,菲克斯紧随其后。万事通正在甲板上等候他们。

十一点,"仰光号"出发了,这里离香港还有一千三百英里。福格希望能在六天内赶到香港,坐上前往日本横滨的蒸汽机船。风向十分有利,"仰光号"的风帆全部升起,加上蒸汽机的马力,船的速度大大提高了。

新加坡

新加坡曾是大英帝国的一个重要贸易港口,于1965年独立。

有一天，菲克斯问万事通："你相信你们是在环游地球吗？"

"万分相信。你呢，菲克斯先生？"

"我？压根儿就不信。"

"你真狡猾啊！"万事通想着菲克斯的监视行动，朝他挤了挤眼睛。

菲克斯困惑不解，难道万事通已经知道他的侦探身份了？

菲克斯看着这位朋友，和他一起笑了起来。不过，回到自己的房间后，他还是无法理解。难道万事通已经发现他是侦探了？他有没有告诉他的主人？

到了航程的最后一段，天气变得非常糟糕，强劲的西北风阻碍了船的行进。海浪翻滚，船只剧烈地摇晃，船长不得不宣布，他们可能会比计划晚二十四小时或更长的时间到达香港。

这会使福格错过前往横滨的那班船，很可能会让他输掉赌注，但他似乎既不急躁也不恼火。快到目的地时，福格平静地问

玻璃罐里的大海

暴风雨来临的时候，海浪越来越大，可以移动很远的距离。

把书翻到第94页，在玻璃罐里创造一片海，看看波浪是如何移动的吧。

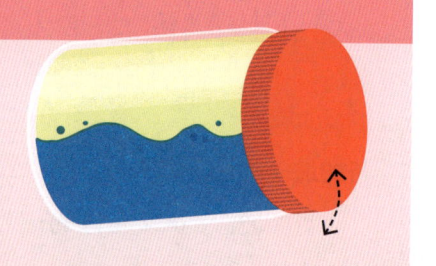

风暴眼

离开新加坡后,"仰光号"因为一场猛烈的风暴耽搁了行程。这样的风暴在热带海域上空很常见,因为这里的气候比较温暖。

- 当温暖的海水使上方的空气变热时,热带风暴就会形成。热空气上升的同时携带大量的水蒸气。
- 上升的空气开始围绕一个平静的中心点(被称为"风暴眼")旋转。
- 空气中的水蒸气在上升的过程中冷却并凝结成水滴。水滴不断积累,形成风暴云。
- 空气快速流动,形成低压区,同时吸进更多的空气产生强风。
- 强风会吹起巨浪,使船只颠簸不已,还可能使其偏离航线。

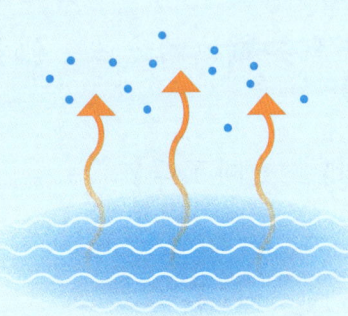

含有水蒸气的热空气上升

热空气冷却形成云

云围绕一个中心点旋转

云越转越快,风越来越强

领航员知不知道什么时候有船从香港开往横滨。

"'卡纳蒂克号'明天早上涨潮时会起航。"领航员回答。

"它不是昨天就出发了吗?"

"本来是的,先生,但船上有个锅炉要修理,所以推迟了。"

下午一点,"仰光号"到达香港码头。"卡纳蒂克号"十六个小时后才会开船,于是福格上岸去帮奥达寻找那位有钱的亲戚。他觉得她的表兄弟在证券交易所肯定很有名,却被告知她的表兄弟两年前就已经离开中国,去了荷兰。

福格坚持让奥达和他们一起去欧洲,万事通听了很高兴。福格让他去订三张"卡纳蒂克号"的船票。福格前往港口的时候,惊讶地发现菲克斯在码头上。菲克斯一副失望的样子,逮捕令还没寄到香港!这是福格旅行路线上最后一块英国管辖区(香港当时受英国殖民统治)了,如果菲克斯找不到扣留他的方法,他肯定就远走高飞了。

"喂,菲克斯先生!你决定和我们一起去美国了吗?"

"是的。"菲克斯咬着牙说。

"我就知道你不会和我们分开的!走啊,去订票吧。"

香港

　　香港是中国的领土,1842—1997年曾受英国殖民统治,于1997年7月1日作为特别行政区回归中国。香港是一座高度繁荣的自由港和国际大都市,在世界上享有极高声誉。

在订票处,他们得知"卡纳蒂克号"的锅炉已经修好了,蒸汽机船当晚就会起航。

"这个消息对我的主人来说再好不过了,"万事通说,"我得赶紧告诉他。"

菲克斯决定豁出去,他提议俩人去小酒馆喝上几杯。他们点了两瓶波特酒,聊起了旅行见闻。当万事通起身准备离开时,菲克斯抓住了他的胳膊:"等等,我有件很严肃的事和你说。"

万事通迟疑地坐下来。菲克斯把手按在他的胳膊上，压低声音说："听着，我是伦敦警察局派来的侦探，"菲克斯亮出了他的证件，继续说道，"福格先生打赌只不过是为了掩人耳目——为了掩饰一起严重的案件。九月二十九日，英格兰银行发生了一起盗窃案，丢了五万五千英镑，窃贼的特征和福格先生一模一样。"

万事通完全不相信菲克斯的话，他的主人可是个品格高尚的人啊！

"我一直在跟踪福格先生，但还没有收到逮捕令。"菲克斯继续说道，"你得帮我拖住他，把他留在香港。我会把英格兰银行两千英镑的奖赏分你一半。"

"我才不干呢！"万事通回答。他想要站起来，但又坐了回去。他觉得自己的脑子一片混乱，身上一点劲儿也没有。"你说的，我根本不信。就算是真的，我也是福格先生的仆人，我知道他是个慷慨善良的人。我永远不会背叛他，即使把全世界所有的金子都给我，我也不会背叛他。"

万事通感觉昏昏沉沉的，倒在了桌子上。他没有意识到菲克斯给他下了药。

"好了！"菲克斯看到万事通躺在那

013

里，完全没了知觉。"这下没人告诉福格'卡纳蒂克号'要提早开船了。就算有人告诉了他，他也不会带上这个该死的法国人了！"菲克斯付了账，走了出去。

与此同时，福格对发生的一切毫不知情。甚至第二天早上，他还准备去码头找万事通。当时是上午八点，"卡纳蒂克号"本应在九点半离开。然而，他们到码头时，船已经开了，万事通也不见踪影。

就在这时，菲克斯走了过来。他打了个招呼说："先生，您是不是和我一样，也是昨天坐'仰光号'来的乘客？"

"是的，先生。"福格冷淡地回答。

"恕我冒昧，我以为会在这儿看到您的仆人。"

"先生，您知道他去哪儿了吗？"奥达急切地问。

"哦？"菲克斯装出吃惊的样子问道，"他没和你们一起吗？"

"没有，从昨天起，他就不见了。他会不会没等我们就上了'卡纳蒂克号'？"

"你们也打算坐这艘船吗？我就是这么打算的，这可太令人失望了。看来维修已经完成，船提前十二个小时开了。我们得等一个星期才有下一班船。"

虽然嘴上这么说，菲克斯心里可兴奋得要命。如果福格在香港待一个星期，逮捕令肯定能到。不过，福格只是简单回了一句："除了'卡纳蒂克号'，这个港口应该还有别的船。"这可给菲克斯当头一棒。

福格让奥达挽着他的手臂，转身向码头走去，他想找一艘空闲的船。找了三个小时后，他的决心一点儿也没有动摇。这时，他听到有人问他："先生，在找船吗？"

"有船要出发吗？"

"是的，先生。是四十三号引水船，这个港口最好的船。"

"能把我送到横滨吗？"

那位海员睁大了眼睛说："您是在开玩笑吧？"

"没开玩笑。我错过了'卡纳蒂克号'，但我必须在十一月十四日之前赶到横滨，然后乘船去旧金山。我每天给你三百英镑，如果能及时到达横滨，我还可以给你两百英镑的额外奖励。"

"很抱歉，先生。当前的时节，我可不能冒这个险。另外，我们没法按时到达横滨，它离香港有一千六百六十英里呢。"随后，他补充道："如果我们去上海，它离这儿只有八百英里，现在的洋流正好向北流，对我们很有利。"

"可是我要在横滨坐船啊。"

自航船

福格和他的同伴们急需一艘船把他们送到横滨。

把书翻到第96页，制作一艘可以自我航行的模型船吧。

"去旧金山的蒸汽机船，上海才是始发港，只不过中途会在横滨停靠。"

"真的吗？那船什么时候从上海出发？"

"十一号晚上七点，我们有四天的时间。如果海面风平浪静，加上刮西南风，我们应该能及时赶到。我们一个小时以后就可以出发。"

"拿着，这是两百英镑订金。"福格说完转向菲克斯，"您要和我们一起吗？"菲克斯表达了感谢。

"可万事通怎么办？"奥达不安地说。

福格和奥达去警察局和法国领事馆，把万事通的特征告诉了那里的工作人员，并留下一大笔钱请他们帮忙找人。下午三点，福格和奥达登上了"唐卡德尔号"。

当船起航时，福格和奥达最后朝码头望了一眼，希望能看到万事通的身影。菲克斯很害怕万事通会突然出现，揭穿他的真实身份，好在他并没有现身。

知识园地

洋流

洋流是指流速和流向相对稳定的海水流动。有些洋流流速很快,有些则较慢。有些洋流是表层洋流,有些则是深层洋流。

- 表层洋流通常是由风引起的,它会随着风的方向而改变流向。
- 地球自转也会影响洋流。在北半球,海洋中的水以顺时针方向流动,在南半球则以逆时针方向流动。

- 暖流和寒流在全球流动,影响着各地的天气和气候。
- 洋流对船只航行起着很重要的作用,因为洋流有时会有利于航行,有时会阻碍航行。有些动物甚至会利用洋流进行远距离迁徙。

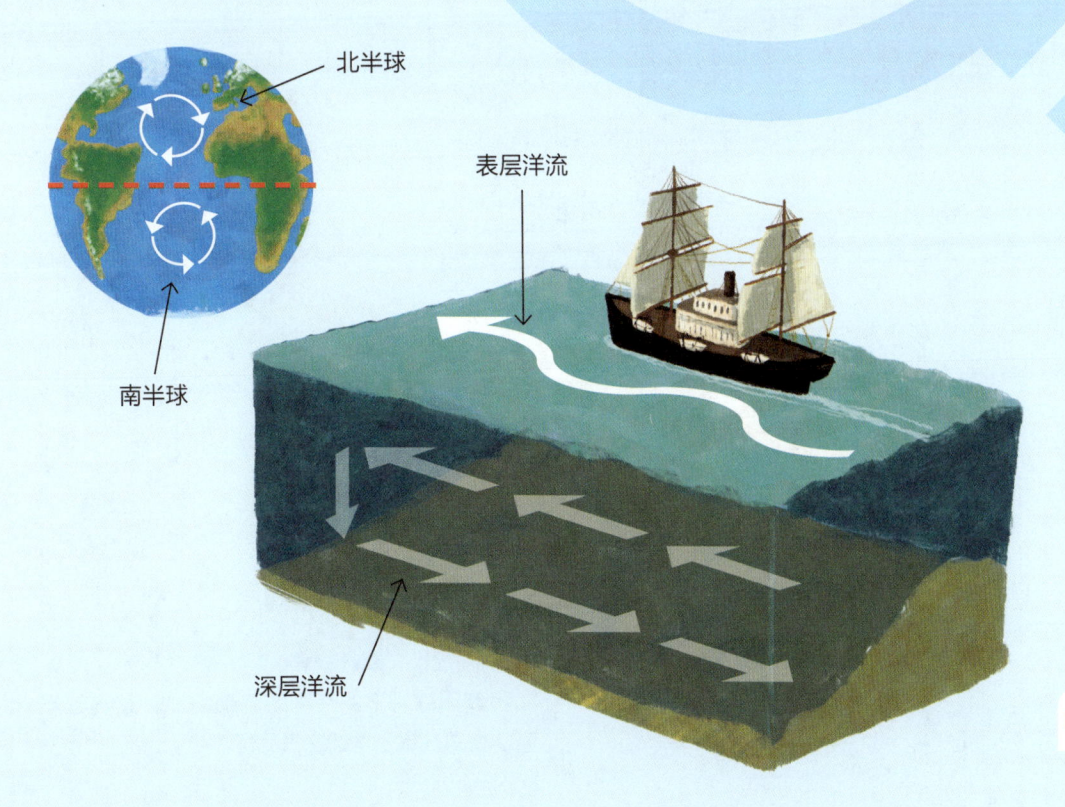

动手做一做

在玻璃罐中造一片海

当福格随同船员开启海上之旅时,海浪起起伏伏。动手在玻璃罐里造一片海,看看海浪是如何移动的吧。

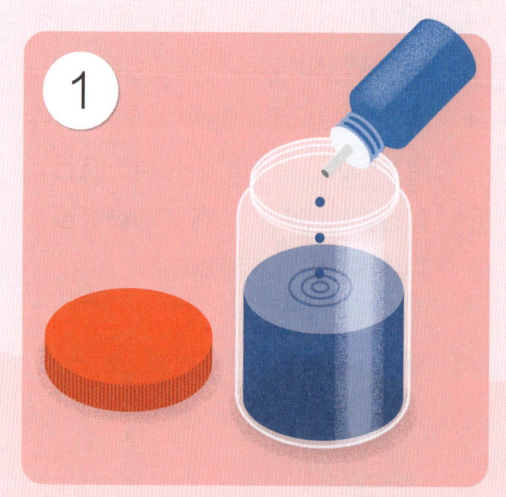

1

准备材料
- 玻璃罐或塑料水瓶
- 水
- 蓝色食用色素
- 植物油

往玻璃罐里倒入一半的水,不断滴入食用色素,直到水变成深蓝色。

提示
在玻璃罐的盖子周围缠上胶带,可以减少罐子漏水的可能。

2

将玻璃罐剩下的空间装满植物油,越满越好(使留在罐子里的空气尽可能少)。

科学

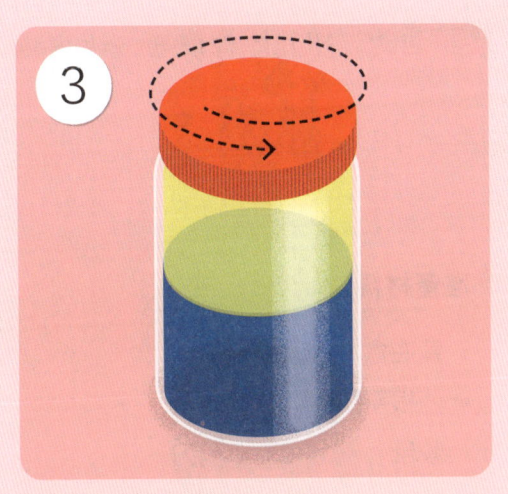

3 把盖子拧紧，可以请大人帮忙。

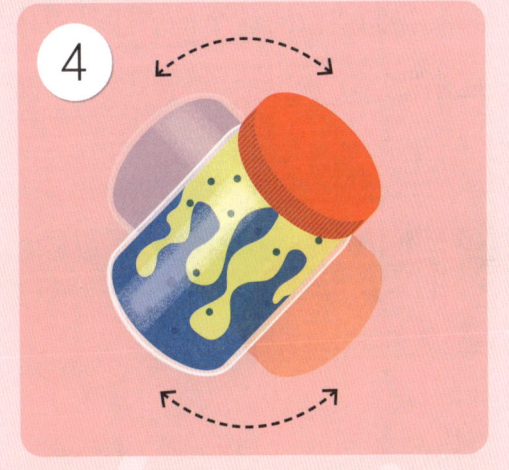

4 轻轻地把玻璃罐倒过来，然后再正过来。油和水有没有混在一起？

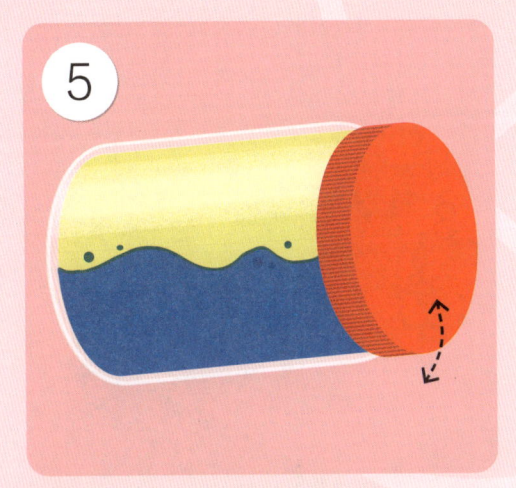

5 把玻璃罐放平。等油和水稳定下来，抬起罐子的一端，然后再把它放回原处，重复几次这个动作，看看水是怎样运动的？

原理

通过玻璃罐里的液体，我们可以知道海浪的形状和运动方式。海浪大多是由吹过海洋表面的风引起的。风产生动能，动能通过波浪在水中传递。波浪蕴含的能量越多，浪就越大。波浪可以小到轻轻的涟漪，也可以大到30.5米高的巨浪。

动手做一做

制作自航船

我们要做的这个模型船是由橡皮筋驱动的,扭几圈橡皮筋,让它动起来吧!

1

如图所示,将雪糕棒粘在黄油盒的两侧。它们应该位于黄油盒两侧偏下的位置,有一部分从船的尾部伸出来,用胶带固定。

准备材料

- 黄油盒
- 两根雪糕棒
- 胶带
- 胶水
- 酸奶罐
- 颜料
- 画笔
- 剪刀
- 塑料片
- 橡皮筋

2

用胶水将酸奶罐粘在船的顶部,用胶带固定,用颜料给船刷上颜色。

3

剪一小片塑料,比如从冰激凌盒上剪一片,当作船桨,它要比船略窄。

工程

提示

转动船桨的圈数越多，橡皮筋内储存的能量就越多，船行驶得就越远。

4 在船桨上剪两条缝，每条缝的长度是船桨宽度的一半。

5 等胶水干后，把橡皮筋套在船后的两根雪糕棒上，你可能需要在每根棒上各绕几圈。

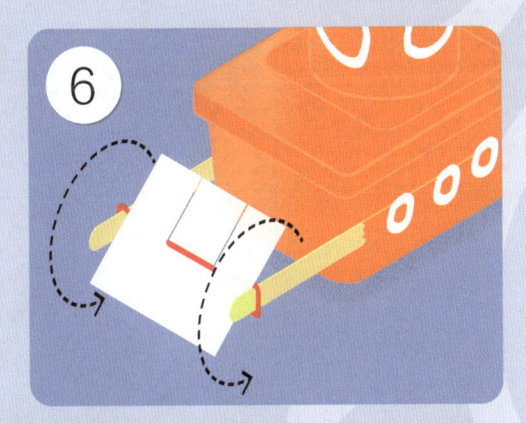

6 如图所示，把船桨穿在橡皮筋上，其中一根橡皮筋应该卡在船桨的缝里。固定好后，转动船桨，之后保持船桨不动，把船放在水面上，然后松手。

原理

当你转动船桨时，势能被储存在橡皮筋中。当你松开船桨时，橡皮筋会转动，恢复至原样。储存的势能以动能的形式释放出来，使船桨转动，驱动船只前进。

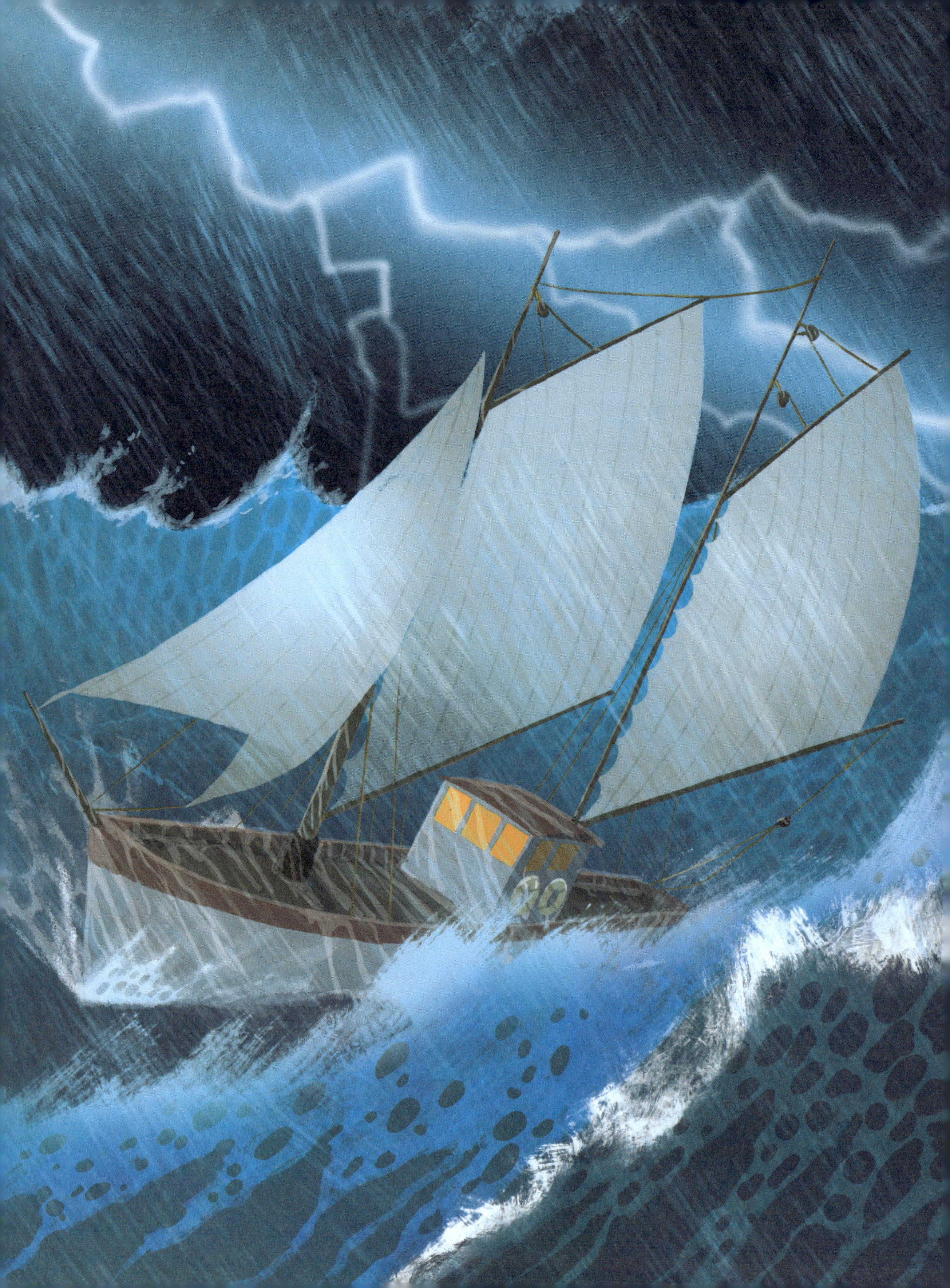

第七站　日本横滨

在一年当中的这个时节，乘坐这样一艘小船航行八百英里，无疑是很危险的。不过，船长约翰·本斯比很有信心，他打算全力以赴。赶上顺风，船好似在空中飞翔一般。福格还在想着万事通的事：他为什么奇怪地消失了？他有可能在最后一刻登上了"卡纳蒂克号"，也许可以在横滨找到他。

如果风向保持不变，他们将会准时到达。菲克斯把福格叫到一旁。"先生，"他为自己要说的话感到害臊，"您让我搭这艘船，真是太好心了，我得付我那份钱——"

"不要提钱的事了，先生。"福格回答道，"这都在我的总预算之内。"

菲克斯很有礼貌地表达了感谢，但心里却很愤愤不平。

到了第二天晚上，他们已经行驶了二百五十多英里，但天亮时，他们感到了台风要来的迹象！船长命令收帆，让乘客回到房间里。上午八点，暴风雨来了，狂风肆虐，海浪滔天，"唐卡德尔号"仿佛羽毛一样飘摇不定。值得庆幸的是，领航员的技术十分高超，大家得以化险为夷。福格依旧十分冷静，仿佛台风也在他的计划之内。

又一个黎明时分到来，暴风雨减弱了。到了早上，他们已经

上海

　　上海是世界上最大的港口之一，位于中国东海岸，雄踞长江口。它是中国较早与西方进行贸易的港口之一。

可以看到海岸线了。他们现在离上海不到一百英里，但也只剩下一天的时间了。约翰·本斯比能不能拿到赏金，福格能不能赢得赌注，一切还悬而未决。

　　到了晚上七点，他们离上海还有三英里。就在这时，一艘巨轮出现在他们的视野中，是"格兰特将军号"。这艘美国蒸汽机船正驶向横滨。"给它发信号！"福格平静地说，"把旗升起来！"

　　他们用甲板上的一小门铜炮发射了信号弹。幸运的是，他们的求救信号被"格兰特将军号"的船长看到了。他改变了船的航向，前来帮助他们。福格、奥达和菲克斯一起登上了这艘蒸汽机船，本斯比也得到了应得的费用和赏金。

　　与此同时，"卡纳蒂克号"已经从香港出发。第二天早上，

制作旋涡

　　在热带风暴形成的过程中，风和风暴云在"风暴眼"周围旋转得越来越快。

　　把书翻到第110页，看看正在旋转的旋涡吧。

海事信号

在无线电和移动电话发明之前，船只不得不用手臂打信号，或是用灯笼甚至镜子来传递信号。

1857年，英国制定了《国际信号规则》，用信号旗代表字母和数字。

《国际信号规则》中包括26面信号旗，每面旗分别代表一个字母，这样更容易传递船只的名称和位置。与其他通信方式相比，这些旗帜更容易被远处的人看到。

你能用下面这些信号旗组成你的名字吗？

一位乘客从船舱走到甲板上。他眼神呆滞，头发凌乱，步履蹒跚。这个人正是万事通！菲克斯只身离开酒吧后不久，店里的两个伙计把万事通抬到了沙发上。三个小时后，他醒了过来，因为内心的责任感而尽力克服了药物的作用。他踉踉跄跄地走出去，大喊道："'卡纳蒂克号'！'卡纳蒂克号'！"快到码头时，几个船员听到了万事通的叫声，把他抬上了船，送到了船舱里。第二天早上，清新的海风让他清醒过来，他逐渐恢复了理智。

万事通在想，他是应该告诉主人菲克斯的真实身份，还是等他们安全返回伦敦后再说呢？当务之急是先找到福格，为自己的行为向他道歉。他到处寻找，但哪儿都找不到。最后，他问乘务员船上有没有叫福格的乘客，乘务员告诉他没有这个人。

忽然间，他明白了，"卡纳蒂克号"改了出发时间！福格和奥达错过了这艘船，这都是他的错！他现在才明白那个侦探的诡计。福格打赌肯定要输了，也许已经被捕，被关进监狱了！

万事通想了想自己的处境。到日本后该怎么办呢？他一分钱也没有。十一月十三日，"卡纳蒂克号"抵达横滨，万事通在拥挤的街道上徘徊了几个小时。虽然他在船上吃得很饱，但现在已经饥肠辘辘了。也许他可以把表卖了？不，他宁可挨饿也不能卖掉传家宝。他找到一个收旧衣服的人，用身上做工精良的欧式衣服换了些钱。

万事通在一间茶室饱餐了一顿。"我必须尽快想办法离开这个国家。"也许他可以在一艘前往美国的蒸汽机船上当帮工，只要管吃就行。

当万事通苦苦思索时，他的目光落在了一个标语牌上。一个

日本杂技团

团长：尊敬的威廉·巴图卡尔先生

赴美之前最后一次演出

不容错过！

小丑正举着标语牌在街上走来走去，上面写着一个杂技团很快要赴美巡演。

"美国！"万事通心想，"这不正是我想去的地方吗？"

他跟着小丑来到了马戏团团长巴图卡尔先生的住处。

万事通走了进去，问团长："先生，您需要仆人吗？"

"仆人？"巴图卡尔先生大声说，"要仆人干什么？我已经有两个了，它们非常忠心。"说着，他举起了两只结实的胳膊。

"那么，我对您还有没有别的用处？我很想跟您一起去美国。"

"啊，"巴图卡尔先生说，"你为什么穿成这个样子？我看你是个法国人。虽然我不能雇你当仆人，但你可以当个小丑。我看你长得很强壮。你能边倒立边唱歌，同时左脚上转个陀螺，右脚上顶一把剑吗？"

"能！"万事通回答，他想起自己年轻时演过杂技。

"那就这么定了！"他们二人握了握手。表演下午三点开始，万事通的任务是做"叠罗汉"最底下的那个人，让别人踩在自己结实的肩膀上。这将是整台演出的压轴戏。在一系列精彩

马戏团小丑

马戏团表演涉及的科学知识要比想象中多得多。

把书翻到第112页，做一个马戏团玩具，研究一下物体的平衡点吧。

绝伦的杂耍和杂技表演之后，五十名杂技演员上台了，台下响起了观众热烈的掌声。可是，这个由人组成的金字塔突然失去了平衡，很快就像纸牌搭成的房子一样倒塌了。

这都是万事通的错。他离开了自己的位置，爬上了右边的看台。他大声喊道："主人！"福格平静地说："年轻人，咱们回船上去吧！"

晚上六点三十分，福格、奥达和万事通登上了"格兰特将军号"。奥达讲述了他们到达横滨之后的所有经历。他们到处寻找万事通，就在快要放弃的时候，偶然发现了巴图卡尔先生的剧院。没想到，看表演的时候，一个杂技演员竟然爬到了看台上！

"格兰特将军号"将用二十一天横跨太平洋，福格有理由相信他可以在十二月二日之前到达旧金山，十一日到达纽约，二十日到达伦敦，比十二月二十一日的最后期限早几个小时。

船准时出发了，一路平安无事。福格和万事通并不知道，菲克斯也在这艘船上。船到达横滨后，这位侦探去了英国领事馆，他终于拿到了逮捕令。但可惜的是，这张逮捕令只有在英国管辖的地方才有用。

一天，菲克斯在前甲板上与万事通撞了个正着。这个法国人一句话没说，直接冲过去掐住菲克斯的喉咙，揍了他几拳。打完之后，万事通感觉舒服多了。菲克斯站起来，冷冷地说："打够了吗？"

"暂时打够了。"

"那么，让我和你谈谈吧，为了你的主人好。你已经惩罚过我了——这很好，我已经料到了。但请听我说，之前我一直和福

马戏团表演中的科学

马戏团表演需要的不仅仅是力量和敏捷性。表演者会利用物理知识（力和运动）为观众带来一场令人难以置信的视觉盛宴！

在空中飞人表演中，表演者围绕一个固定点像秋千一样来回摇荡。用科学术语来说，空中飞人就是一个简单的钟摆，那个固定点被称为"支点"。

在摆动的最高点，空中飞人的势能达到最大，动能最小。

在摆动的最低点，空中飞人的势能为零，动能最大，这也是速度最快的位置。

随着势能的减小，动能会增加，反之亦然，因为一种形式的能量转化为了另一种形式的能量。

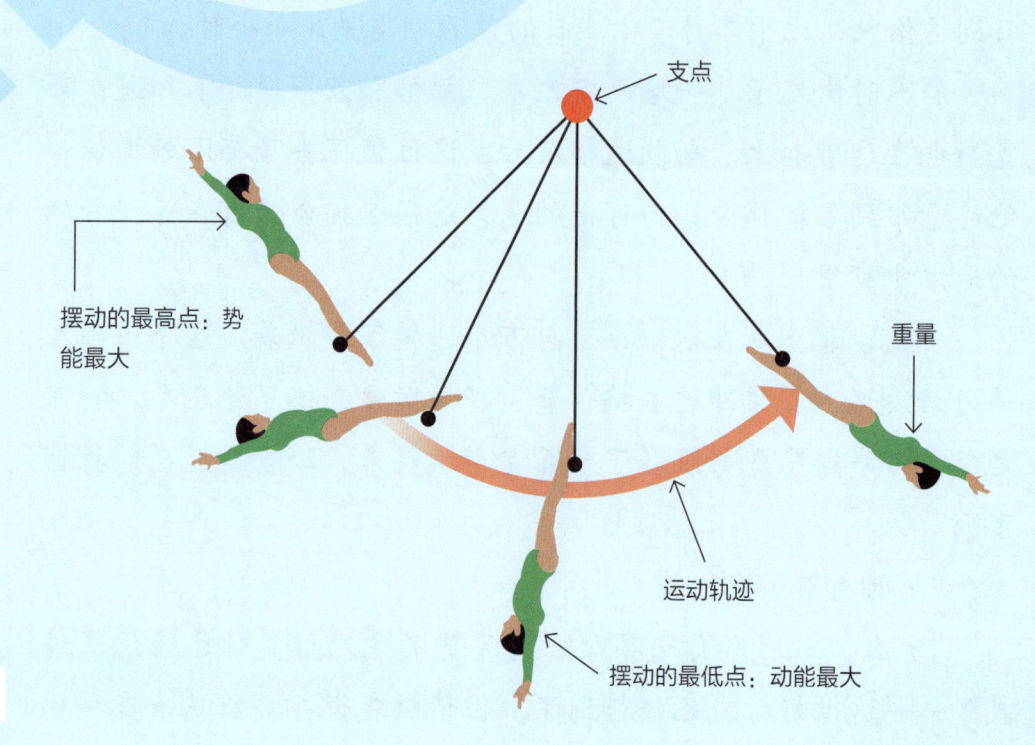

支点

摆动的最高点：势能最大

运动轨迹

重量

摆动的最低点：动能最大

031

格先生作对,现在我要和他统一战线了。"

"哦,你终于相信他是个正人君子啦?"万事通问道。

"不,"菲克斯冷冷地回答,"我认为他是个无赖。福格先生在英国管辖的地方时,我拖住他,是为了等逮捕令,这样对我有好处。我想尽了一切办法阻挠他的计划。但现在,福格先生看样子要回英国了,我会跟着他。我会尽我所能扫除路上的一切障碍。你看,我已经改变立场了。现在,咱俩在一条战线上了,因为只有回到英国,你才能知道是在给罪犯当仆人,还是在给正人君子当仆人。"

万事通聚精会神地听着,他相信菲克斯说的是真心话。

"我们是朋友了吗?"菲克斯问道。

"朋友?不。"万事通回答,"也许算同盟吧。如果让我看到你有背信弃义的苗头,我会扭断你的脖子!"

"就这么办。"菲克斯平静地说。

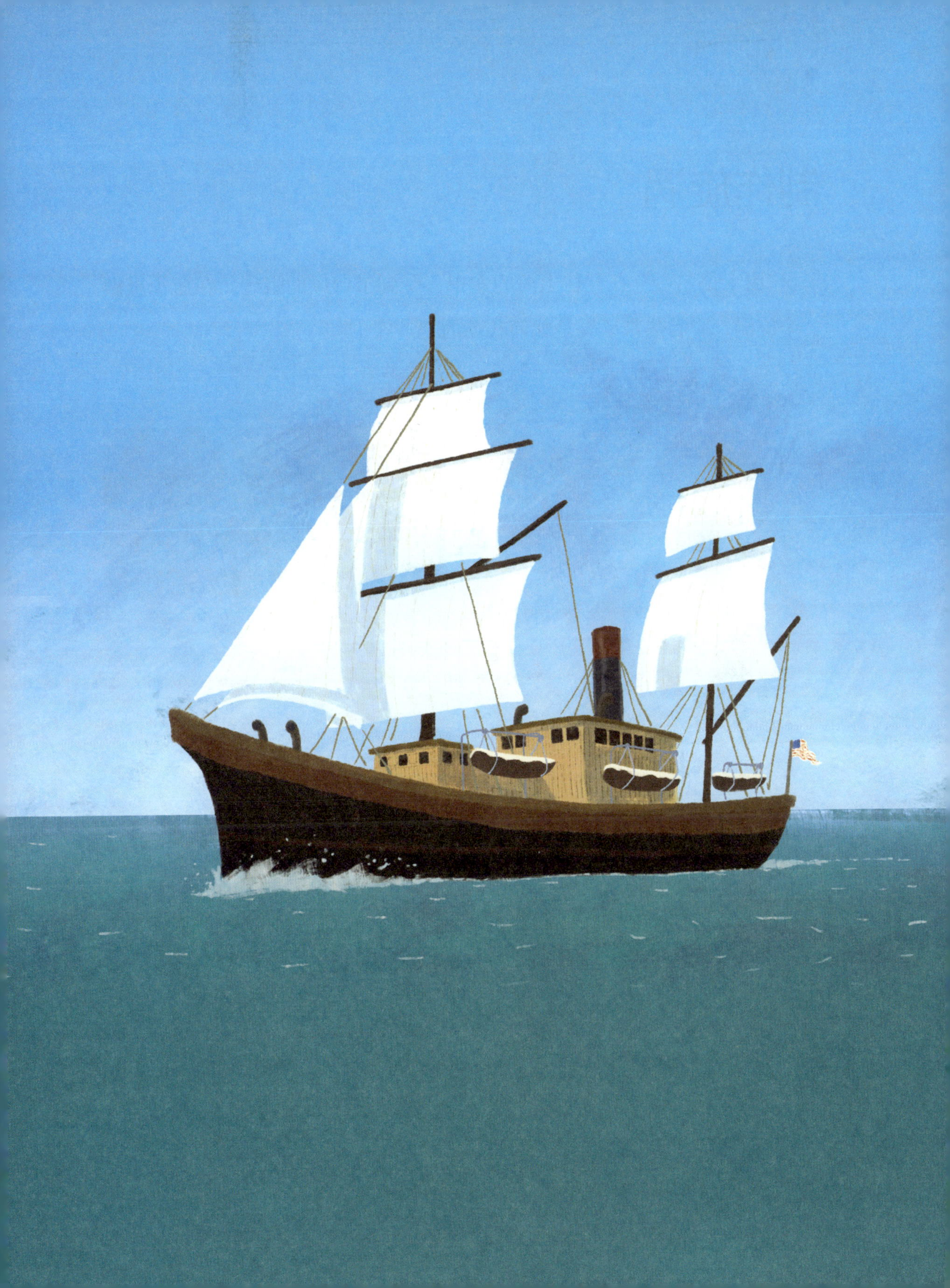

动手做一做

制作旋涡

"唐卡德尔号"在开往上海的途中,受到了台风的阻碍。在瓶子里做一个旋涡,看看热带风暴是如何移动的吧。

准备材料
- 2升的透明塑料瓶
- 水
- 洗洁精
- 小亮片

1 向塑料瓶里装三分之二的水。

2 往水里滴几滴洗洁精。

3 再往瓶子里倒一些小亮片,这样更容易看清楚旋涡。

科学

提示
你也可以在桶里做这个实验,当旋涡旋转起来时,把水放出来。

4 拧紧盖子,确保把瓶子倒过来时不会漏水。

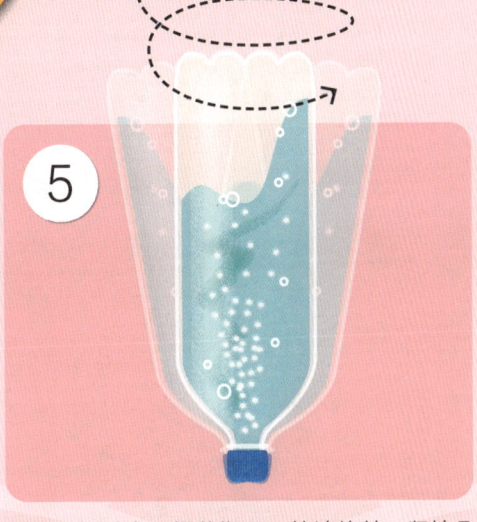

5 把瓶子倒过来,握住瓶口,快速旋转。坚持几秒钟,转得越快越好。

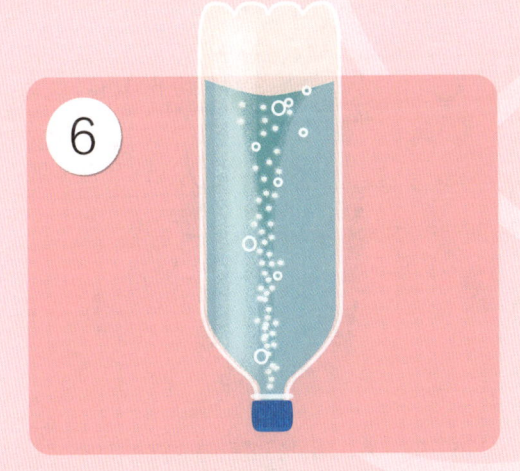

6 停止旋转,使瓶子保持不动。你能看到瓶子里的旋涡吗?当旋涡旋转时,把水放出来,会发生什么?

原理

旋转瓶子时,里面的水会围绕一个中心旋转,形成旋涡。同样,当温暖的海水上空形成热带风暴时,风暴云会围绕中心点旋转,形成旋涡。飓风、龙卷风和海龙卷都是自然界中旋涡的例子。

动手做一做

来一场马戏团表演

马戏团表演看起来可能像魔术一般，但你看到的很多东西其实源自科学！做一个杂技小丑，研究一下平衡点吧。

准备材料
- 硬纸板（比如麦片盒）
- 铅笔
- 剪刀
- 彩铅或彩笔
- 两枚一样的硬币

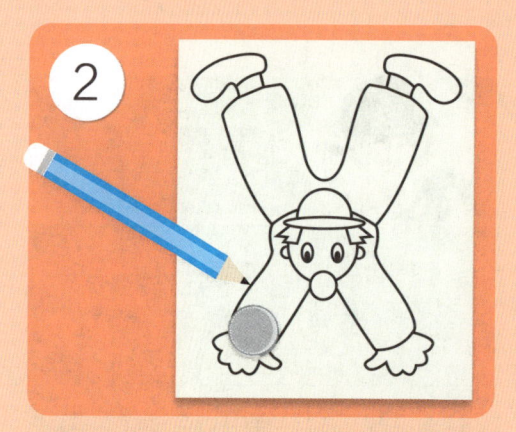

1 准备一大块硬纸板，比如剪下麦片盒的一面。

2 在硬纸板上画一个小丑，它至少要有15厘米高。给小丑画一个大大的、圆圆的鼻子，它一会儿要用鼻子保持平衡。胳膊要足够粗，可以把硬币粘在上面。

3 把小丑剪下来，用彩铅或彩笔给它上色。

艺术

提示

你可以用两块橡皮泥代替硬币，只要确保它们的重量相等就行。

4 把小丑放在杯子边缘或手指上，让它保持平衡，你能做到吗？

5 如图所示，在小丑的每个手臂上粘一枚硬币。

6 再让它用鼻子保持平衡，你发现了什么？

原理

所有物体都有重心，物体的全部重量都以此为中心。这个点也被称为"平衡点"。重心低的物体比重心高的物体更稳定。这就是车辆运输车等大型汽车下半部分应该先装满的原因。如果运输车的下面重一些，它就没有那么容易翻车了！

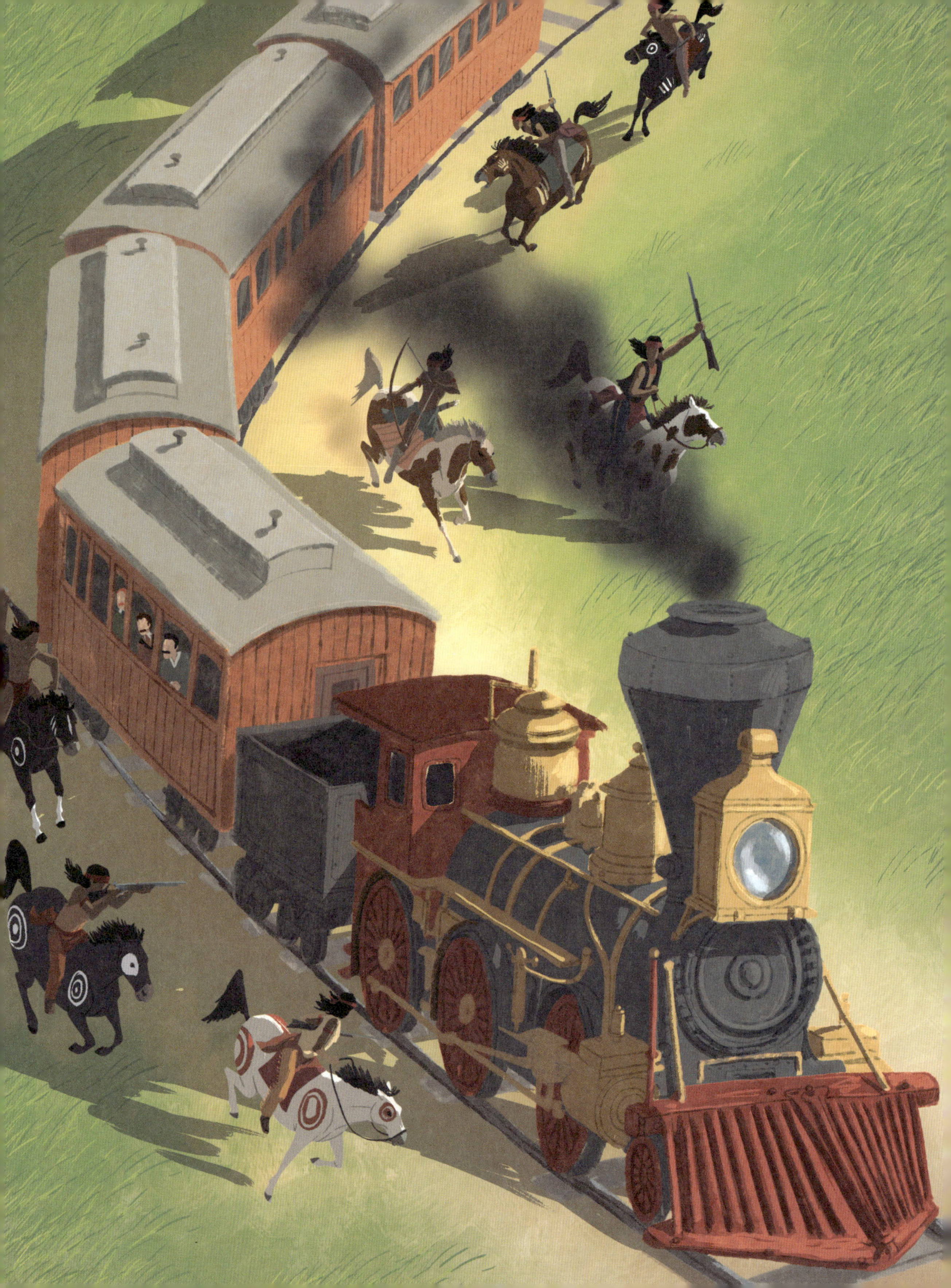

第八站　美国旧金山

十二月三日,"格兰特将军号"踏上了美国的土地。福格既没有提前,也没有拖后。开往纽约的第一列火车将于当天晚上六点出发,他们白天可以在旧金山逛一逛。

万事通被派去办些杂事,福格和奥达去办理签证。他们走了还不到两百步,就碰到了菲克斯。这个侦探装出吃惊的样子,还说原来福格先生也穿过了太平洋,而他们竟然没有在船上遇到!

菲克斯问福格,自己能否和他们一起游览这座城市,福格答应了。不一会儿,他们走到了蒙哥马利大街。这里到处都是人。有些人拿着海报,有些人挥舞着旗子呼喊。这好像是在举办一场政治集会。"我们最好不要掺和到这群人中,"菲克斯说,"可能会有危险。"

他们走上一段台阶,那里的视野更加开阔。菲克斯向旁边的

旧金山
　　19世纪中期,美国加利福尼亚州兴起淘金热(1848—1855),旧金山因为被发现有黄金而成为美国西海岸最大的城市。1869年,美国第一条横贯东西的铁路建成,旧金山的交通也得到了改善。

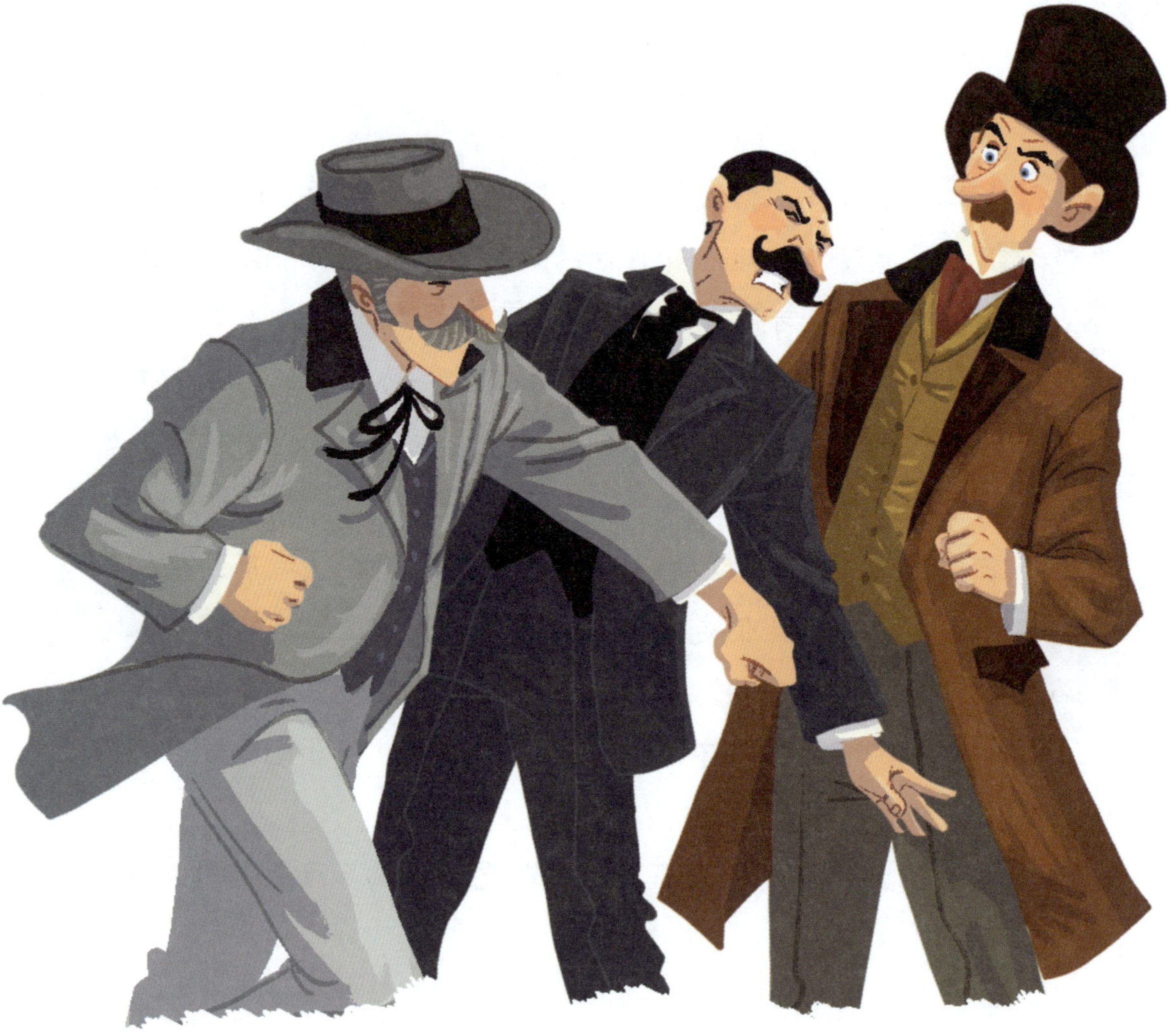

一个人打听,他们在等什么。可还没等到回复,人群中就出现了巨大的骚动。旗杆变成了武器,拳头挥舞起来,鞋子在空中呼啸而过,打到人的身上。

突然,他们身后的露台上传来了一阵震耳欲聋的声音。"曼迪博伊必胜!"福格、奥达和菲克斯正好夹在两派人之间。一群拿着棍棒的人正往下走,福格和菲克斯奋力保护奥达。福格还像往常一样冷静,他用拳头进行反击。要不是菲克斯冲锋陷阵,福格准会吃亏。

"你好大的胆子!"福格朝那伙人的头头吼道。

"英国佬!"对方说道,"我们还会见面的!你叫什么名字?"

"菲利亚斯·福格。你呢?"

"斯坦普·普罗克特上校。"

说完,他们成功逃离了这群人。待他们可以歇口气时,福格对菲克斯说:"谢谢。""没什么,"菲克斯回答,"咱们走吧。"

万事通一直在国际饭店等他们。当他听说混战的消息时,他知道菲克斯履行了自己的诺言。"我会再回美国找那个人的。"福格平静地说。

"受到这样的礼遇,太不应该了,一定要以牙还牙。"

吃完晚饭,他们去了火车站。火车将在下午五点四十五分出发。从旧金山到纽约的铁路从太平洋一直延伸到大西洋。七天后,福格应该能赶上从纽约开往利物浦的蒸汽机船。

火车在加利福尼亚州火速前进着,每个人都睡得很香。他们

知识园地

美洲野牛

史前时代以来,野牛一直生活在北美洲。虽然野牛有时被称为"水牛",但二者只是远亲关系。水牛生活在亚洲和非洲,而非美洲。

野牛体型巨大,是北美洲最大的动物。野牛体重可达900千克,速度可达55千米/时,你可别想挡它们的道!

在19世纪中期以前,数以千万计的野牛自由自在地生活在北美洲,但它们不断被猎杀,几近灭绝。如今,全球只剩下不到50万头野牛,而且只有极少数是野生的。

经过了萨克拉门托，后来又绕过了内华达山脉。再往前走，到处都是野生动物活动的辽阔大草原。第二天，一大群野牛恰好穿过铁路，大概有上万头，火车被迫停了下来。福格待在座位上，等野牛过去，但万事通十分生气。火车足足等了三个小时，这群野牛才让开了路。这时，天已经黑了。

火车在夜间继续前行。中午时分，他们到了大盐湖的西北角。下午两点，火车要在奥格登停留六个小时，福格和他的朋友们因此可以简单逛一逛盐湖城。

那天晚上，大雪纷飞。万事通因为天气而十分恼火。除此之外，奥达还有别的担忧。有几位乘客在格林河站上了车，她看到普罗克特上校就在其中。想到福格要找普罗克特算账，她心里一沉。绝不能让福格见到他的死对头！她趁福格睡着的时候，悄悄把这件事告诉了菲克斯和万事通。

那天下午，火车穿越了洛基山脉。福格他们正在打牌，突然听到一声刺耳的汽笛声，火车停了下来。万事通走出车厢，车厢外已经站了几十名乘客，其中就包括普罗克特上校。前方有一个红色信号，拦住了去路。他听到信号员说："不行，不能过去！这座桥摇晃得很厉害，承受不了火车的重量。"

奥格登

奥格登曾是美国犹他州的第二大城市，从1869年开始，奥格登成为美国重要的铁路枢纽。

大盐湖

大盐湖位于美国犹他州，是西半球最大的咸水湖。犹他州的首府盐湖城建立于1947年，随着19世纪70年代铁路的开通而发展起来。

知识园地

全速前进！

所有运动的物体都具有动量。一个运动物体的动量是多少，取决于它的速度和行进方向。

火车司机认为，如果火车速度够快，那它就可以成功穿过摇摇欲坠的桥。提高速度，朝一个方向行驶，火车会有足够的动量过桥。

动量的计算方法是：用物体的质量（以"千克"为单位）乘以物体的速度（在某一特定方向上的速度，以"米/秒"为单位）。

动量（千克·米/秒）= 质量（千克）× 速度（米/秒）

在下列情况下，火车的动量将会增加：
- 加快速度
- 沿直线行驶

运动方向

火车的重量

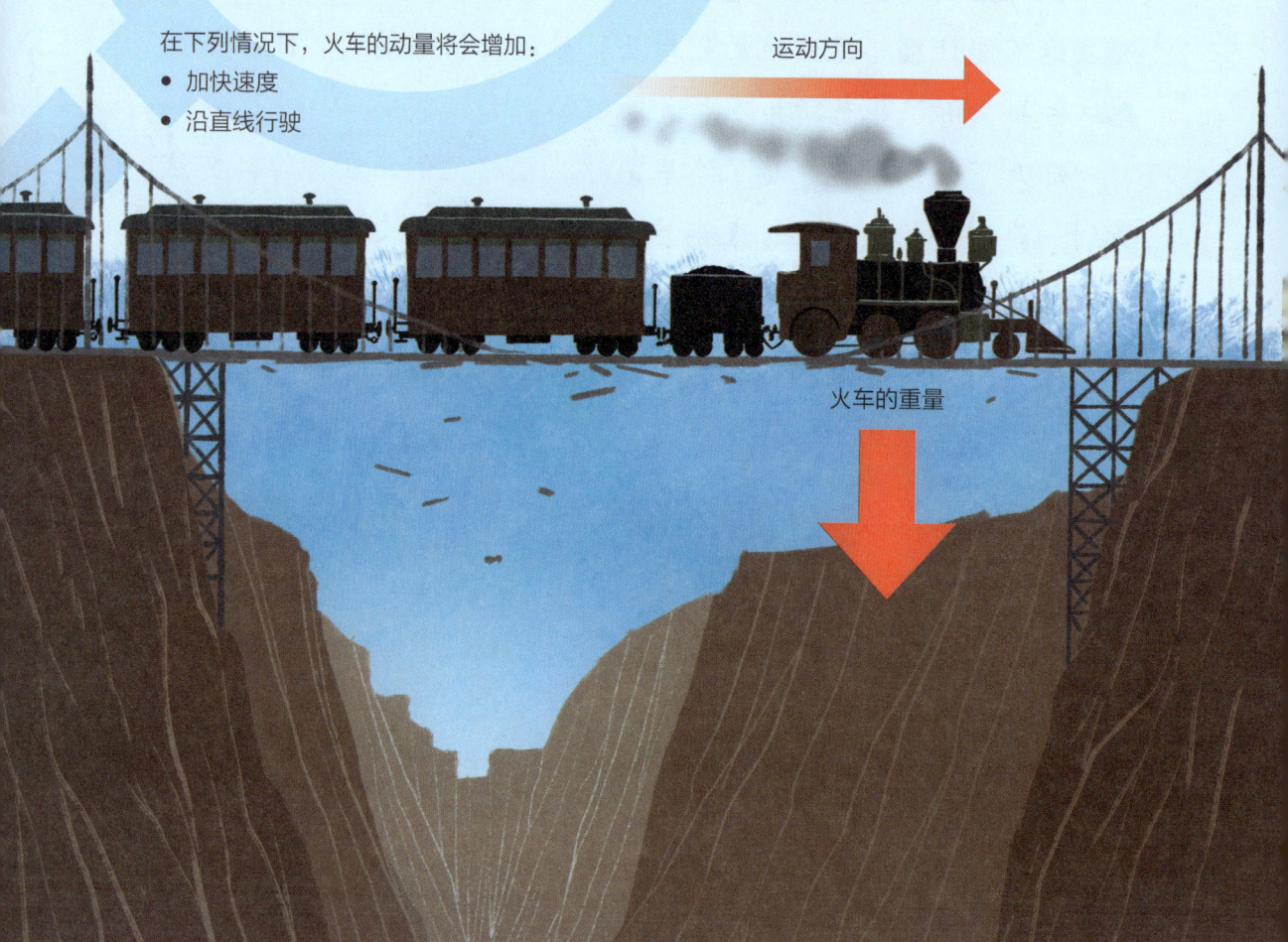

信号员说的是一座吊桥，长度大约一英里。乘客可以去奥马哈搭乘另一列火车，不过要步行至少六个小时才能安全过河。

万事通绝望透顶了。他正准备把这个消息告诉主人，火车司机大声说道："虽然桥不安全，但我想如果我们以最快的速度冲过去，也许可以过桥。"

万事通觉得，也许应该让乘客先步行过桥，再让火车开过去，这样更为明智，但他已经来不及争辩了。"上车！"列车长喊道。万事通坐下来，没有告诉朋友们发生了什么事，他们仍在专心打牌。

司机把火车往后退了一段，然后不停加速。乘客们怀疑火车根本没在铁轨上行驶，而是飞了过去！转眼间他们就过了桥，刚到对岸的一刹那，那座桥就塌了，掉在了下面的激流中。他们成功了！

福格和朋友们继续打牌。福格刚要出黑桃，身后一个声音说："要是我，我就出方块。"福格和普罗克特上校一下子就认出了对方，两人争论起来。奥达的脸都吓白了，她抓住福格的胳膊，轻轻地把他往回拉。万事通正准备扑向这个美国人，菲克斯

测试纸桥

桥的强度和稳定性取决于设计方式和建造材料。

把书翻到第126页，看看怎样能使桥更加坚固吧。

站起来说:"先生,你别忘了,是我要和你算账,因为你当初打的人是我!"

福格打断了他:"请原谅,菲克斯先生,但这是我的事,我一个人的事。"他离开车厢,普罗克特上校跟在他的后面。他们二人准备在火车尾部进行决斗。他们正要开始时,突然传来了很大的叫声,接着是可怕的喊声。他们放下手中的武器,赶紧去查看发生了什么事。他们的火车遭到了美国原住民的袭击,司机和司炉被打晕了。袭击者想让火车停下来,本来应该关掉蒸汽阀,却越拧越大。结果,火车正急速向前冲去。

"如果火车不停下来,我们全都得没命!"列车员喊道。"我来。"万事通喊道。他凭借自己的杂技技能从飞驰的火车下面勇敢地爬向火车头。顺利到达火车头后,他一只手抓着火车,身体悬空,另一只手小心翼翼地解开安全链,把火车头和车厢分离开来。火车在马上就要到卡尼堡车站时停了下来。袭击者看到附近陆军基地的士兵匆匆赶来,便落荒而逃。车上受伤的人被抬进了车站。奥达很安全,福格也没有受伤,菲克斯受了轻伤。有几名乘客不见了踪影,其中就包括勇敢的万事通。他们是被打死了,还是被抓了?

福格心里清楚,他有责任找到这位朋友。陆军上尉派了三十名士兵前来帮忙。福格请菲克斯留在奥达身边。菲克斯虽然不想和这个他日夜紧跟的人分开,但还是同意了。

时间一分一秒过去了。到了下午两点,雪下得很大,长长的汽笛声从东边传来。紧接着,司机和司炉驾驶的火车头隐约出现。原来,火车头最终耗尽燃料,停了下来。当这两个人恢复意

047

识后,他们决定回来连上车厢,继续中断的旅程。奥达匆匆地说:"可那些被抓去的人,我们的同伴怎么办?"

"他们只能搭乘明天晚上的火车了。"列车员回答,"如果您要走的话,就请上车吧。"

"我不走。"奥达说。菲克斯很清楚,自己也要继续等下去。

几个小时过去了,天气愈发寒冷。菲克斯一动不动地坐在椅子上,奥达时不时去站台上张望,但没有人影。这是一个漫长的夜晚,到了黎明时分,没有任何消息可以缓解他们的担忧。陆军上尉正准备派一支队伍出去搜救,突然传来了枪声。士兵们冲出堡垒,只见雪地上有一小队人马正赶回来,走在最前面的是福格,万事通和其他乘客跟在后面,他们都获救了!原来,他们在卡尼堡以南十英里的地方遇到了美国原住民,他们和美国原住

民在雪中打了一仗。所有回来的人都受到了热烈欢迎,人们欢呼着,福格还给士兵发了丰厚的奖励。

万事通向四周张望。"火车呢?火车呢?"他大喊道。

"走了。"菲克斯回答,"今天晚上才有下一班车。"

福格还是保持着一如既往的平静。他现在落后了二十四个小时。万事通知道,这都是因为他,所以心里十分愧疚。

剪一朵雪花

大雪纷飞时,每一片雪花都有独特的图案。

把书翻到第128页,剪一朵漂亮的雪花作为装饰物吧。

动手做一做

测试纸桥

桥的承重能力因材料和设计的不同而不同。用纸搭一座桥，看看哪种设计最有效吧。

准备材料

- 两本厚书（同等厚度）
- 纸
- 硬币（约30枚）
- 尺子
- 胶带

1. 将两本书放在一个平面上，比如桌子上，间隔约25厘米。

2. 把一张纸搭在两本书之间，在纸上放一枚硬币，观察会出现什么情况？

3. 进行第二种设计，把纸对折，放在两本书之间，一枚一枚地往上加硬币，情况如何？

工程

提示
尝试不同的设计、材料和长度，看看能不能进一步改进你的设计？

4
现在，试试凹槽型设计。再次将纸对折（此时，桥面已经有四张纸的厚度了），纸已经变成了长条状。

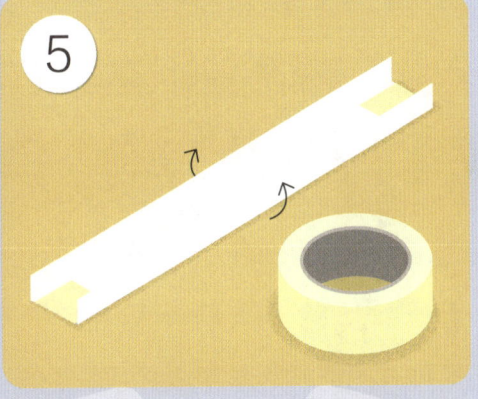

5
如图所示，小心将两个长边折叠约1厘米，用胶带固定，防止其展开。

6
把纸桥放在两本书之间，增加硬币来测试它的强度。这个设计能承载多少枚硬币？

原理
折的次数越多，纸桥就越牢固。你可能会发现，把纸的两边折起来，形成一个凹槽，桥会更加牢固。这是因为一张水平的纸很容易弯曲，而垂直的"墙"会增加它在垂直方向的弯曲难度。

051

动手做一做

剪一朵雪花

你可以用下面这种方法剪出各式各样的雪花。用亮片进行装饰，让它们像真正的雪花一样晶莹剔透。

准备材料

- 纸
- 剪刀
- 亮片
- 胶水

准备一张正方形的纸。如果你只有长方形的纸，那么可以将其中一个角向对边折叠，使两边重合，形成一个三角形。剪掉三角形以外的部分，然后展开，就是正方形了。

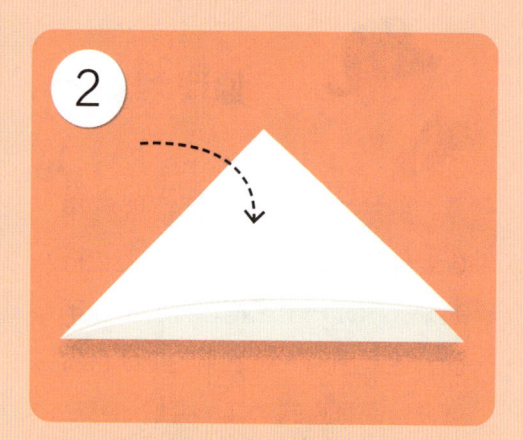

将正方形沿对角线对折，形成一个三角形。再次对折，形成一个更小的三角形。

如图所示，将三角形最长的一边朝外，将左边一角向三角形的中心对折，右边也是一样。

艺术

提示
把各种各样的图形剪下来，可能是个精细活儿。你可以先画出图形，然后请大人帮你剪。

4
把纸翻过来，你会看到一条水平的直线，沿这条线把顶端剪掉，这时会剩下一个三角形。

5
不要展开，小心地在三角形的边缘剪下各种不同的图案。注意，不要把纸剪断。

6
把纸打开，雪花就做成了。如果需要，你可以用亮片进行装饰。

原理
剪好的雪花是完全对称的，相对的两侧图案相同，这源自纸的折叠方式。真正的雪花也是对称的，这是因为水分子以有序的方式冻成冰晶。雪花的形状千变万化，所以每片雪花都是独特的。

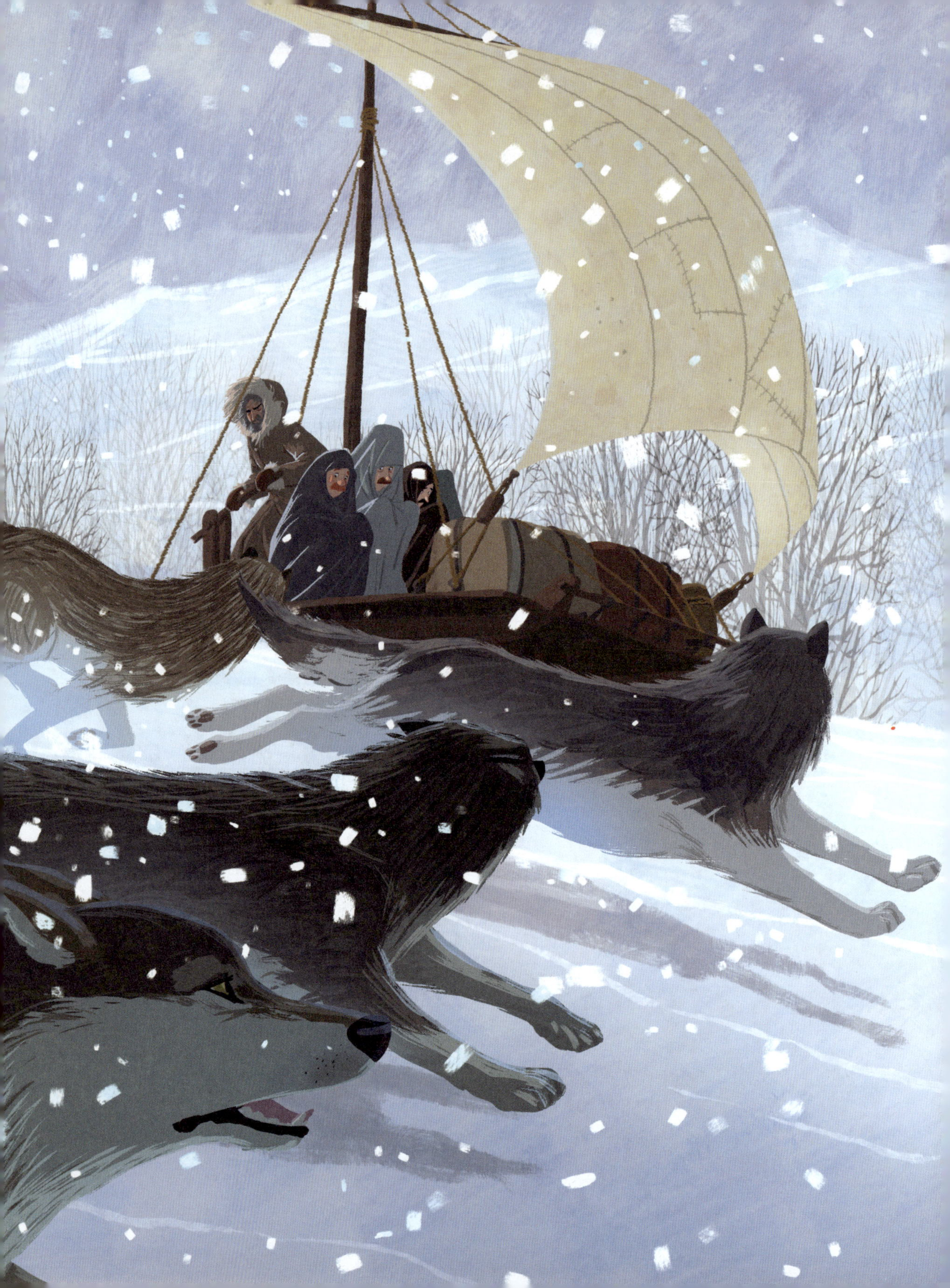

第九站　美国纽约

菲克斯走到福格面前说:"那边有个人向我推荐了带帆的雪橇。"福格和雪橇的主人讲好了价钱。风从西边吹来,对他们十分有利,雪已经冻得很硬了。如果他们到了奥马哈,那里有很多开往芝加哥和纽约的火车,也许就可以把耽误的时间赶回来。

乘客们各就各位,用斗篷把自己裹得严严实实。两张大帆升了起来,这真是一次难忘的旅行啊!雪橇在坚硬的雪地上飞驰,乘客们缩成一团,在冰冷的风中说不出话来。按照这个速度,他们可能在下午一点前赶到奥马哈。

有时,会有一群饿狼在他们身后嚎叫,但雪橇始终保持快速前进,把狼群远远甩在后面。中午时分,雪橇的主人看到了地标性的建筑。又行驶了一段,他们终于停了下来。"到了!"他说。正好车站里有一列火车即将开车,他们赶紧跳了上去!

火车飞快地穿过艾奥瓦州,夜间又越过了密西西比河。第二天下午四点到达芝加哥后,他们换了辆火车,只剩下九百英里就到纽约了。

火车全速前进,很快就穿过了印第安纳州、俄亥俄州、宾夕法尼亚州和新泽西州。最后,哈得孙河出现在视野中。火车在车站停了下来,此时是十二月十一日晚上十一点十五分。可惜的

知识园地

风力

借助有利的风向，福格和他的朋友们开始了前往奥马哈的旅程。和船帆一样，雪橇上的风帆兜住风，空气的流动将雪橇推向前方。

风是空气在太阳能的驱动下运动的结果。只要有太阳的照射，风能就不会枯竭。因此，风能是可再生能源，不会污染环境。目前，通过风力涡轮机，风能可以转化为电能，供人使用。

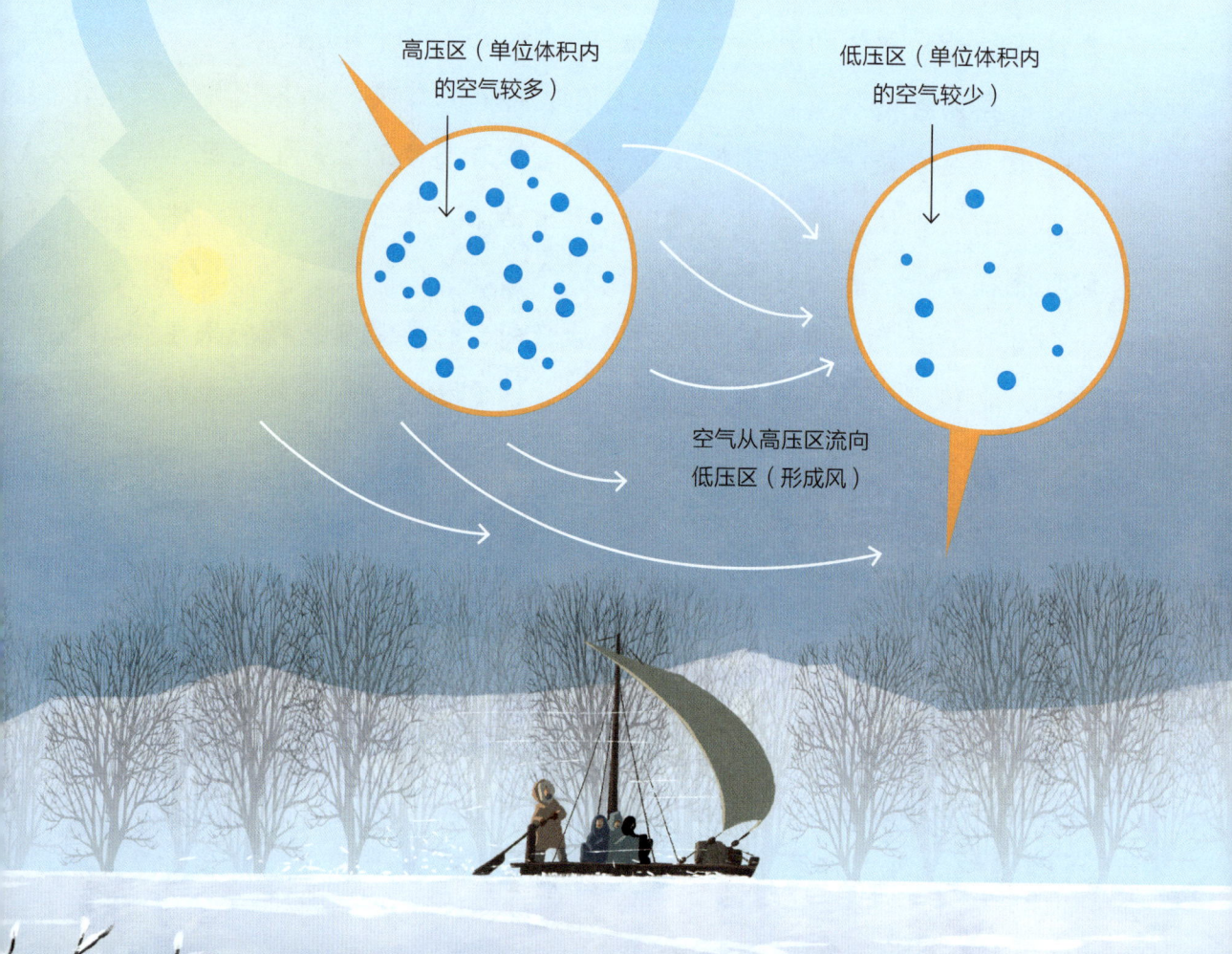

高压区（单位体积内的空气较多）

低压区（单位体积内的空气较少）

空气从高压区流向低压区（形成风）

纽约

纽约位于美国东海岸，哈得孙河与大西洋的交汇处。19世纪初，随着蒸汽机船和铁路的出现，纽约吸引了越来越多的移民，工业化水平也逐渐提高。到1860年，纽约一半以上的人口来自爱尔兰和德国。

是，开往利物浦的"中国号"在四十五分钟前就已经起航了，它的离开似乎也带走了福格的最后一线希望。

福格查阅了旅行指南，里面有所有船只的时刻表。这几天，没有蒸汽机船离港。万事通心烦意乱。他们乘坐渡船渡过了哈得孙河，驱车前往百老汇大街，准备在那里过夜。

第二天，福格独自离开了旅馆。他来到哈得孙河畔，看看有没有即将出发的船。他正准备放弃时，突然看到一艘货船的烟囱里冒出了一股烟。这艘船就是"亨利埃塔号"。

福格叫了一艘小船，登上了"亨利埃塔号"。他向船长安德鲁·斯皮迪做了自我介绍。船长是一个五十岁左右、不太友好的人。福格了解到，这艘船将开往波尔多。

风力车

风鼓起了帆，福格一行人得以在冰天雪地中飞速前进。

把书翻到第140页，自己动手做一辆风力车，看看它能跑多快吧。

"您愿意把我和另外三个人送到利物浦吗?我会给您丰厚的酬劳。"

斯皮迪果断拒绝,甚至当福格提出要买下"亨利埃塔号"时,也不松口!事情真的很棘手。在此之前,钱帮助福格扫除了每一个障碍,但这次却不起作用了。不过,福格心里有了主意。

"好吧,那您可以把我们带到波尔多吗?每人给您两千美元。"

斯皮迪船长挠了挠头。不用改变路线，还有八千美元的收益！"我们晚上九点出发，"他简单地说道，"你们可以准备好吗？"

"我们九点准时登船。"福格冷静地说。

福格把一行人带到了"亨利埃塔号"上。万事通无法相信最后这段航行竟然要花这么多钱。至于菲克斯，他心里想，英格兰银行可要因为这次旅行而受损了。

"亨利埃塔号"起航了，它快速向东进发。第二天中午，有一个人登上舰桥，检查船的方位。不过，这个人并不是斯皮迪船长，而是福格。斯皮迪被锁在了船舱里，正气得哇哇直叫呢。福格并不打算去波尔多。他上船后收买了海员和司炉，从而掌控了整条船，让它向利物浦开去。从福格对船的了解来看，他肯定当过海员。

如果大海保持风平浪静，如果风向也一直这么有利，"亨利埃塔号"可能用九天走完从纽约到利物浦的三千英里航程。福格的行为将会带来大麻烦，这是毫无疑问的。不过，现在还不是担心的时候。

十二月十三日，他们经过纽芬兰岛时，天气越来越冷，风向也转为了东南。福格没有因此感到烦恼，他收起帆，加大了马力。十二月十六日，也就是福格开启环球之旅的第七十五天，"亨利埃塔号"已经走完了预定航程的一半。这时，一位轮机手来到甲板上找福格，他们二人恳切地交谈了一会儿。"我们的煤从纽约到波尔多还够用，但是到利物浦可就不够了。"

当天晚上，福格给轮机手下了命令："开足马力，直到所有的煤用完为止。"船继续全速前进，但到了十八日，轮机手告诉福格，煤当天就会用完。

接近中午的时候，福格让万事通去把斯皮迪船长叫来。不一会儿，就传来了喊叫声和咒骂声，怒气冲冲的船长被带来了。福格冷静地请斯皮迪船长把船卖给他。

"绝不可能。"

"可我要把你的船烧掉，至少把上面的装备烧掉。"

制作炭黑

蜡烛在氧气不足的情况下燃烧时，就会产生炭黑（无定形碳）。它和铅笔的芯属于同一种东西！
把书翻到第142页，试试用燃烧的蜡烛制造炭黑吧。

碳的特性

"亨利埃塔号"燃烧的是煤,煤主要由碳组成。碳是一种非金属元素〔元素是具有相同核电荷数(质子数)的同一类原子的总称〕。碳有许多形式,从铅笔中的石墨到戒指上的钻石。

煤主要由碳原子组成,是由数百万年前的植物转化而来的。煤的可燃性很高,能够轻易点燃,是一种好用的燃料。

煤

煤由碳、氢、氧等原子组成

钻石是透明的,非常坚硬。钻石中碳原子呈网状,其排列方式十分规则,所以钻石非常坚固。

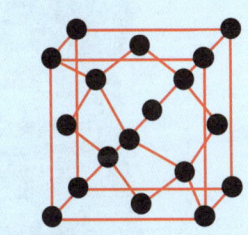

钻石

碳原子呈网状结构排列,形成强大的化学键

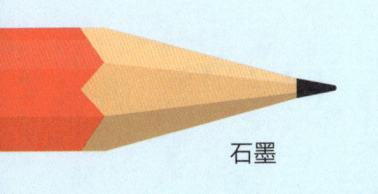

石墨比较柔软,呈黑灰色,可以导电。石墨中的碳原子呈层状结构排列,层与层之间容易发生相对滑动,所以石墨摸上去很光滑。

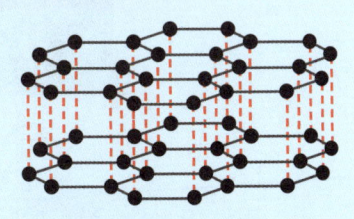

石墨

碳原子呈层状结构排列,形成较弱的化学键

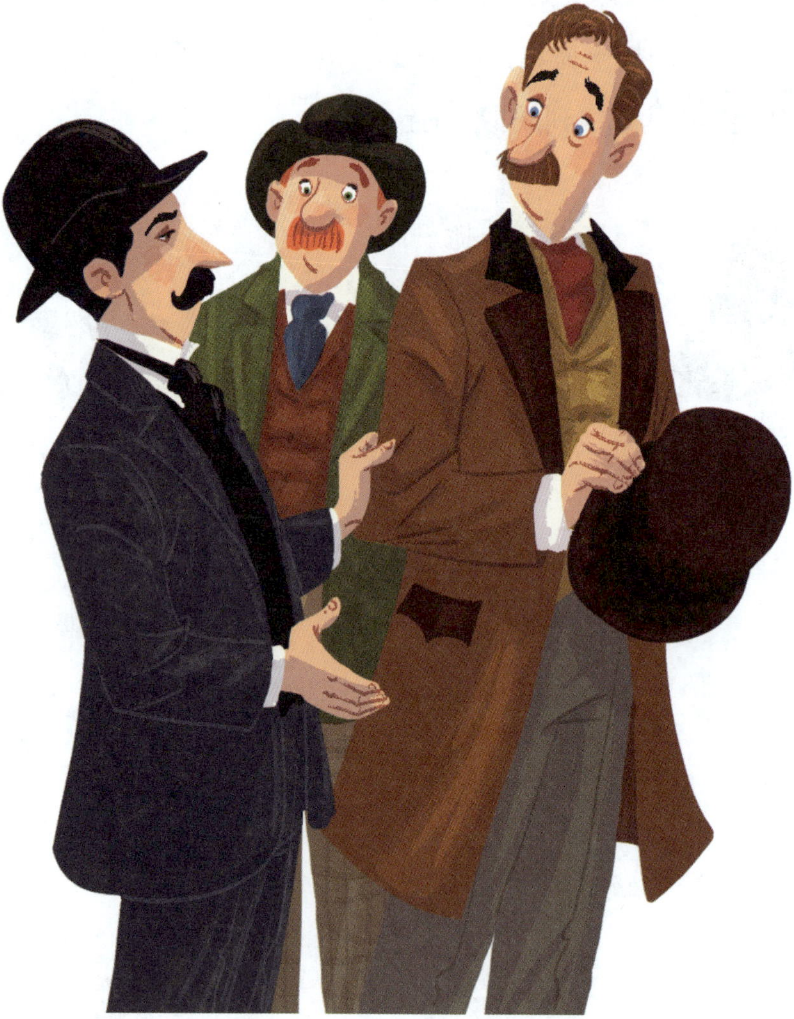

"烧我的船！"斯皮迪船长大叫道，"你要干什么！它可值五万美元！"

"我给你六万美元。"福格说着把一卷钞票递给了斯皮迪。

斯皮迪船长接过钱说："成交。"

万事通的脸色变得煞白，菲克斯马上就要忍不住了，福格已经花了将近两万英镑！福格对斯皮迪船长说："先生，希望您别觉得意外，您要知道，我必须在十二月二十一日晚上到达伦敦，否则我会损失两万英镑。"

座位、床铺和门窗都当柴火烧了，接下来是桅杆、木筏、栏杆和甲板。他们在经过爱尔兰海岸的昆斯敦港口时，决定改变路线，改乘火车前往利物浦。这时，"亨利埃塔号"只剩下个壳了。

福格向斯皮迪船长告别之后，一行人上了岸。菲克斯很想当场就逮捕福格，但还是忍住了，是什么让他退缩了呢？他不敢让福格离开自己的视线。黎明时分，他们到了都柏林，然后去了利物浦。十二月二十一日上午十一点四十分，他们到了英国本土，还有六个小时就可以回到伦敦了。

但就在这时，菲克斯拿出了逮捕令。"菲利亚斯·福格先生？"福格转过身来。"我以女王陛下的名义逮捕你！"

动手做一做

制作风力车

福格和他的朋友们利用风能快速赶到了奥马哈。动手制作一辆风力车，看看它能跑多快吧？

准备材料
- 瓦楞纸板
- 剪刀
- 美工刀（可选）
- 两根吸管
- 4个塑料瓶盖
- 3根木扦子
- 胶带
- 橡皮泥（可选）
- 纸
- 风扇或吹风机

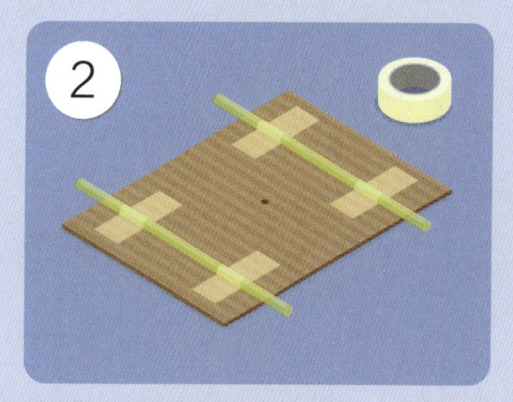

1. 剪一块长方形的瓦楞纸板。请大人帮忙，用美工刀在纸板的中心扎一个小孔。

2. 用胶带将两根吸管粘在瓦楞纸板上，两根吸管要保持平行，超出瓦楞纸板的两边。

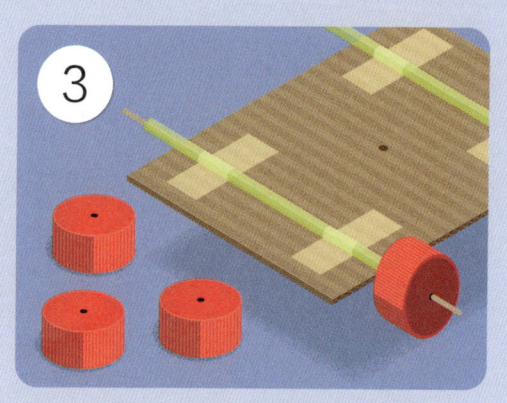

3. 请大人用美工刀在每个瓶盖的中心扎一个小孔。将一根木扦子的一端穿过一个瓶盖，将另一端穿过吸管。

工程

提示
如果你没有美工刀，用锋利的剪刀也可以，但一定要请大人帮忙。

4 穿过吸管后，再穿上一个塑料盖，现在你已经有两个轮子了，它们由一根轴（木扦子）连接。重复上述做法，再做一组车轮。

5 将一根木扦子穿过纸板中心的孔，当作桅杆，用胶带或一小团橡皮泥固定。

6 从纸上剪一面帆，将其固定在桅杆上，如图所示，将帆的底部和顶部穿在桅杆上。把车放在风扇或吹风机前面，看它如何开起来吧。

原理

风扇或吹风机吹出的风，使帆鼓了起来。空气的运动足以推动风帆，从而使车辆开动起来。帆越大，兜住的空气越多，产生的推动力就越大。除此之外，你的小车能移动多远，还取决于车轮自由旋转的程度和风扇的风力。

065

动手做一做

制造炭黑

"亨利埃塔号"通过烧煤来为蒸汽机提供动力。煤需要数百万年才能形成。燃烧的蜡烛能很快产生炭黑。

1

准备材料
- 蜡烛
- 瓷砖
- 火柴

请大人帮你点燃蜡烛。

注意! 当你用明火做实验时,一定要有大人在场。

提示
使用白色或浅色瓷砖,这样更容易看到炭黑。

2

随着蜡烛的燃烧,蜡会熔化,同时产生一种看不见的气体,即二氧化碳。

科学

3

将瓷砖放在火焰的正上方,离得尽可能近一些,保持约5秒钟。这会减少火焰可以利用的氧气量。

4

放下瓷砖,让其冷却。

5

你能看到瓷砖上的黑色物质吗?试着用手指把它擦掉,炭黑会留在你的手上吗?

原理

蜡烛燃烧会产生固体碳。这是一个不可逆的反应。将瓷砖放在火焰上,可以减少火焰获得的氧气量,导致燃烧无法生成二氧化碳(CO_2)气体,而是产生了固体碳(C)。

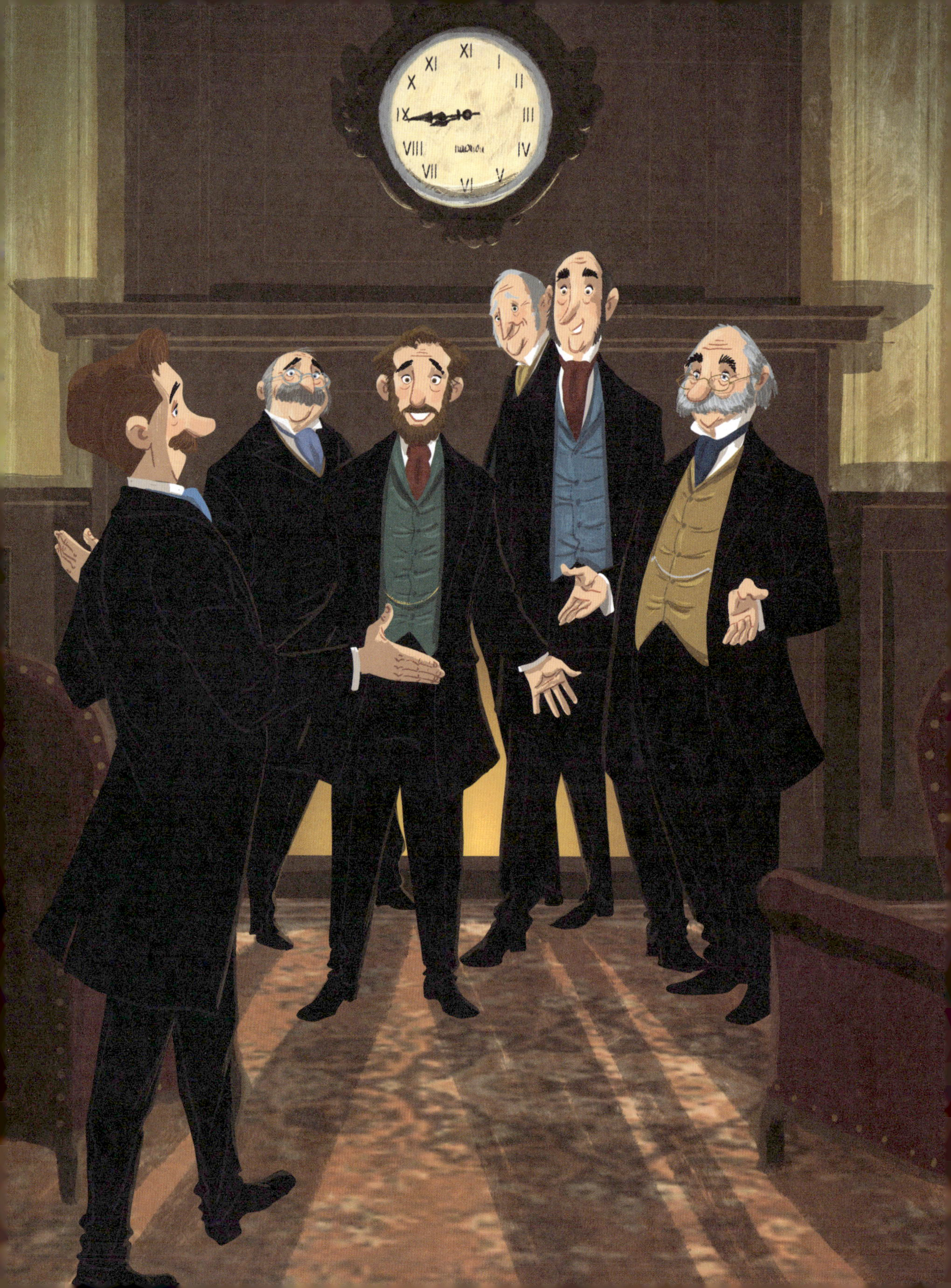

第十站　英国利物浦和伦敦

如若不是被警察拉住了，万事通肯定会狠狠地揍菲克斯一顿。如果他早把菲克斯的身份告诉福格，福格肯定会向菲克斯证明他是无辜的。一想到这些，万事通就啜泣不止，奥达也为这突如其来的劫难而感到震惊和痛心。

福格被囚禁在海关大楼里，第二天将被转移到伦敦。他在上锁的房间里静静地坐着，显得很平静，似乎并不生气。下午两点三十三分，他听到外面有响动，接下来是匆忙的开门声。福格的眼睛瞬间亮了起来。

门开了，万事通、奥达和菲克斯匆匆走了进来。菲克斯头发乱糟糟的，上气不接下气。"先生，"他结结巴巴地说，"先

利物浦

　　18世纪，利物浦发展成英国第三大港口（仅次于伦敦和布里斯托尔），这在很大程度上受益于它的地理位置，利物浦离曼彻斯特和兰开夏郡很近，而这两个地方的棉花产业十分发达。在爱尔兰大饥荒（1845—1849）之后，爱尔兰移民大量涌入，利物浦的人口不断增加。从利物浦到伦敦的西海岸干线于1869年建成。

生，请原谅我！你们长得太像了，窃贼三天前就已经被抓到了。你自由了！"

菲利亚斯·福格自由了！他走到侦探面前，直直地看着他的眼睛，接着做了一件他以前不曾做过或许以后也不会做的事。他猛地挥起手臂，将菲克斯打倒在地。

菲克斯一句话也没有说，这很公平。福格、奥达和万事通毫不迟疑地离开了海关大楼，冲上马车，赶去火车站。

此时是下午两点四十分，快车在三十五分钟前已经离开了。他们需要在五个半小时之内赶到伦敦，但中间发生了意想不到的延误。当福格到达伦敦火车站时，所有的时钟都显示为晚上八点五十分。他输了！

离开火车站后，福格让万事通去买些东西，自己悄悄地回到了房间。他平静地接受了自己的不幸，他彻彻底底地输了。他克服了无数障碍，一次次化险为夷，途中还抽出时间做了些好事。眼看胜利在望，却遭受了失败，这真是太惨了！

用纸糊一个地球仪

地球赤道周长约为40075千米。这对菲利亚斯·福格来说是一段非常漫长的旅程！

把书翻到第156页，用纸糊一个地球仪，追踪一下福格的行程吧。

福格为奥达安排了一个房间。奥达也为自己这位保护者的不幸遭遇而感到十分悲痛。万事通细心地守着自己的主人。一夜过去了。福格上床睡觉了，但他睡着了吗？奥达无法闭上眼睛。万事通像忠诚的警犬一样整晚守在主人的门口。

第二天早上，福格让万事通去给奥达准备早餐。万事通愧疚万分。"福格先生！"他大声说道，"您为什么不骂我？这都是我的错——"

"我不怪任何人。"福格冷静地说，"快去吧。"

当天晚上，福格要见奥达。他找了把椅子，在壁炉旁坐下，脸上没有流露出任何情绪。他默默地坐了几分钟，最后说道："夫人，你能原谅我把你带到英国吗？当我下这个决定时，我还很富有，我原本打算把我的一部分财产分给你，这样你就可以过上自由幸福的生活。可现在，我已经没有什么钱了。"

"我知道，福格先生，"奥达说，"我也想请你原谅我一直跟着你。如果不是因为我，你的行程也许也不会耽搁。"

"夫人，你不能待在印度。只有把你带到遥远的地方，才能保证你的安全。可事与愿违，我现在还剩下一点儿财产，我恳请你接受它。"

"福格先生，可你怎么办呢？"

"至于我，"福格冷静地回答，"我什么都不需要。"

"那你的朋友和亲戚呢？"

"我没有朋友，也没有亲戚。"

"我真为你感到难过，福格先生，因为孤独是一件悲哀的事，没有人可以听你倾诉悲伤。"奥达说着站起身来，她握住福

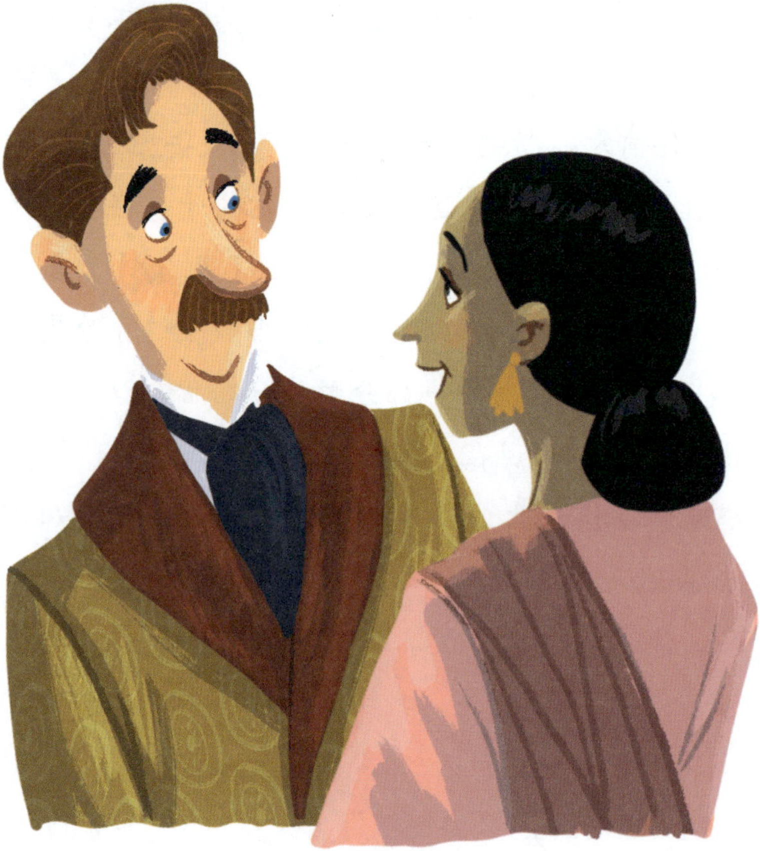

格的手,"你希望有一位朋友吗?你愿意让我做你的妻子吗?"

听到这句话,福格也站了起来。他的眼睛里闪着异样的光彩,嘴唇微微颤抖着。奥达深情地望着他。她那双漂亮眼睛里流露出的温柔和真诚让福格的心一颤。他闭上了眼睛,好似要避开她的视线。当他再次睁开眼睛时,他只说了一句话:"我爱你!我的一切都属于你!"

"哦!"奥达把手放在胸口激动地说。

万事通被叫了进来,他发现福格握着奥达的手,一下子就明白了。他那圆圆的脸庞像太阳一样焕发着光彩。

福格让万事通当天晚上去通知塞缪尔·威尔逊牧师,他们打算第二天也就是星期一结婚。

十二月十八日,真正的银行窃贼詹姆斯·斯特兰德被警方逮捕,福格又变回了一位可敬的绅士。人们再次开始讨论他的环球旅行,所有的打赌又重新生效了。十二月二十一日星期六晚上,蓓尔美尔街和附近的几条街上挤满了人。警察很难维持秩序,随着时间的临近,群众也更加兴奋。福格的五位牌友已经坐在了改良俱乐部的大厅里。

"先生们,最近一班从利物浦来的火车是什么时候到的?"托马斯·弗拉纳根问道。

"七点二十三分,"高迪尔·拉尔夫回答,"下一班要到十二点十分才到。"

"先生们,"斯图尔特说,"如果菲利亚斯·福格坐的是七点二十三分的火车,那么他现在应该已经到了。这么说,我们赢了。"

074

年、月、日

古时候，人们根据太阳、月亮和星星来推算日历。现在，世界上还有几种不同的历法。使用最广泛的是格勒哥里历，也就是我们所说的公历，它由古罗马历法演变而来。

"月"是根据月球的运动而定的，而"年"是根据太阳的运动而定的，所以两者的周期并不完全吻合。这就是为什么每个月的天数不同，以及为什么每4年会有一次闰年。

一天（24小时）是地球自转的时间

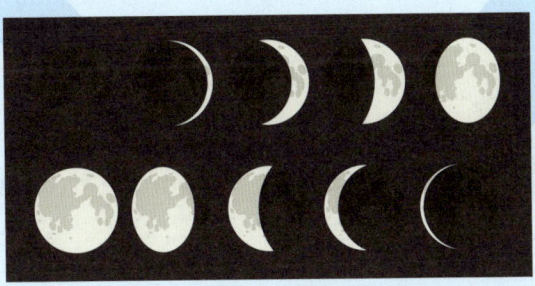

一个月（约29.5天）是月球绕地球一周的时间，也就是朔望月周期

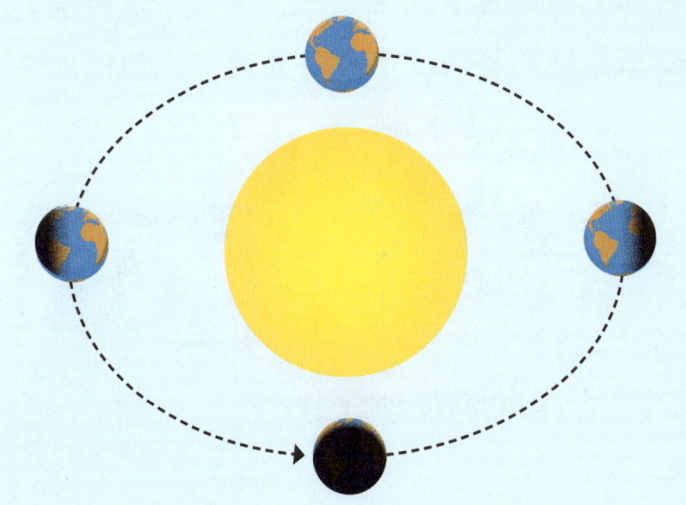

一年（约365.25天）是地球绕太阳一周的时间，标志着四季的循环

"再等一等，别这么着急。"塞缪尔·法伦廷说，"我们都知道，福格先生是个言出必行的人。他的守时是众所周知的，他从来不会早到，也不会晚到。如果他在最后一刻出现在我们面前，我也不会感到惊讶。"

这五位绅士面面相觑。他们的心情也愈发紧张，但都不希望表露出来，所以他们欣然同意再打一局。可玩牌的时候，他们的眼睛时刻盯着时钟。

"八点四十四分了！"约翰·沙利文说，他的声音里有一种无法抑制的激动。再过一分钟，他们就赢了。他们放下手中的牌，数着秒数。数到第五十五秒时，街上传来叫喊声，接着是掌声和欢呼声，还掺杂着愤愤不平的抱怨声。

这几位牌友从座位上站了起来。在第五十七秒的时候，门开了。

时钟还没有走到第六十秒，福格出现了，后面跟着一大群人。他们涌进俱乐部的大门，满脸兴奋。福格平静地说："先生们，我回来了！"

这是怎么回事呢？让我们来看看发生了什么不同寻常的事。万事通奉命去通知威尔逊牧师福格马上要办婚礼的事。但他很快

时区

算一算另一个半球的时间……
把书翻到第158页，动手做一个24小时制的世界时钟吧。

知识园地

时区

19世纪末,科学家研究出了将世界划分为不同时区的方法。他们用"子午线"将全球划分为24个不同的时区。子午线是地球表面连接南北两极的弧线,是为度量方便而假想出来的辅助线。

其中一条子午线叫作"本初子午线"。这条线穿过英国伦敦,将世界分为东半球和西半球。在本初子午线以东的国家,时间早于英国的时间;在本初子午线以西的国家,时间晚于英国的时间。

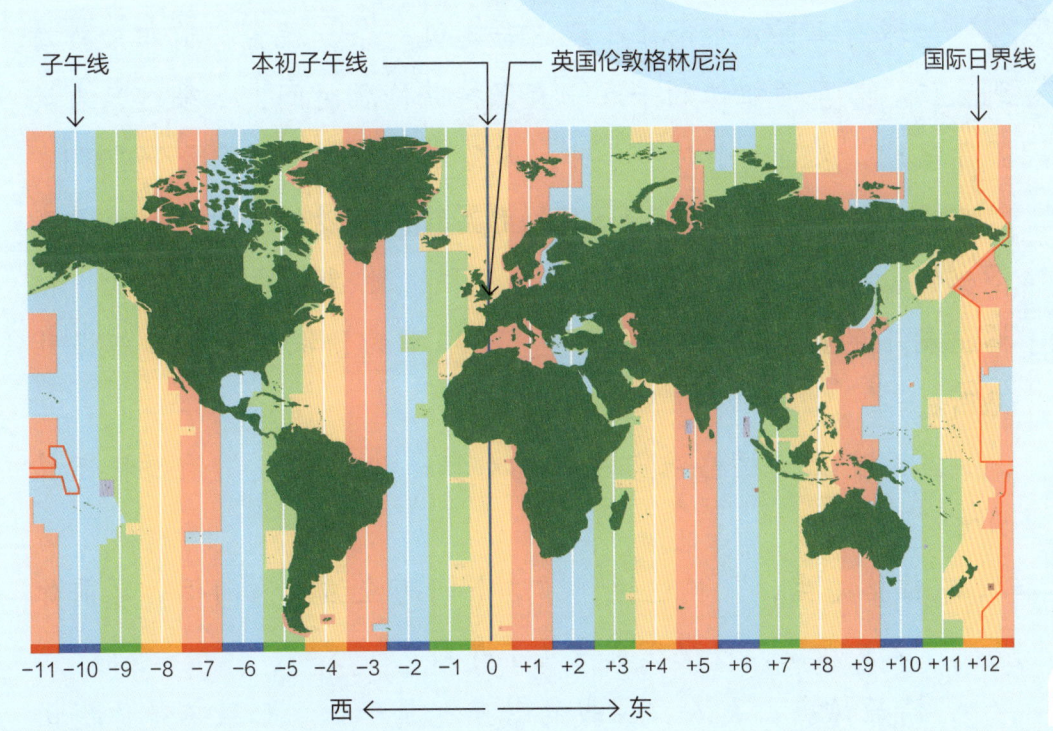

子午线　　本初子午线　　英国伦敦格林尼治　　国际日界线

-11 -10 -9 -8 -7 -6 -5 -4 -3 -2 -1 0 +1 +2 +3 +4 +5 +6 +7 +8 +9 +10 +11 +12

西 ←――――― ―――――→ 东

077

就跑了回来，头发乱糟糟的，帽子也没戴。他跌跌撞撞地跑进福格的房间。

"出什么事了？"福格问道。

"主人啊！"万事通气喘吁吁地说，"明天——才是周日！您算错了时间，我们提前二十四小时就回来了，可现在只剩下十分钟啦！"

福格来不及细想，跳上马车，以史无前例的速度赶到了改良俱乐部。他用八十天完成了环球之旅！他赢得了两万英镑的赌注！

一个如此严谨的人怎么会犯这种错误呢？因为福格一直是朝东走的，也就是迎着太阳的方向走的，所以他多赚了一天的时间。

地球有三百六十条子午线，每走过一条，就会提前四分钟看到太阳。万事通祖传的手表一直保持着伦敦时间，如果这只表既显示星期，又显示小时和分钟，那么万事通就会发现这个错误！

福格的环球之旅花了一万九千英镑，所以他这次打赌也没赢多少钱。不过，他打赌并不是为了钱，他追求的只是胜利。福格把剩下的钱分给了万事通和那个不幸的侦探。他并不怨恨菲克斯。

当天晚上，福格依旧平静地对奥达说："我们的婚礼还算数吧？"

"福格先生，"奥达说，"这个问题应该我来问你。之前你不剩什么家产了，可现在又恢复了身家。"

"请原谅我，夫人，但我的财产也属于你。如果不是你提出结婚的事,万事通就不会发现我算错了日子!"

　　福格打赌赢了,他在八十天内完成了环球旅行。在这漫长的旅途中,他用到了几乎所有可以想到的交通工具,包括蒸汽机船、火车、马车、快艇、货船、雪橇、大象。他总是异常冷静,细致严谨。可是,他从这番长途跋涉中获得了什么呢?有人可能会说,什么都没有,除了那位让他成为最幸福的人的漂亮女子!当然啦,这也是值得的,难道不是吗?

(完)

动手做一做

用纸糊一个地球仪

福格在80天内完成了环球之旅，用纸糊一个地球仪，追踪一下他的行程吧。

1

准备材料
- 两个大碗
- 保鲜膜
- 气球
- 报纸
- 温水
- 面粉
- 汤匙
- 画笔和剪刀
- 颜料（绿色和蓝色）

收拾出来一块地方，准备做这个实验。要知道，你可能会弄得到处黏糊糊的。首先，在碗里铺一层保鲜膜（这样可以防止面糊粘在碗上），吹好气球，把它放在碗里。

2

将报纸剪成一条一条的，每条2.5厘米宽。要多准备一些，因为地球仪需要铺满3层。

3

将面粉和温水倒入一个大碗中，搅拌均匀，搅成和做煎饼用的面糊差不多稠就可以了。你可能需要加水进行稀释。

艺术

4 将纸条浸在面糊中,然后粘在气球上,用画笔将其展平。重复这一步,直到整个气球都被报纸覆盖。

5 待其完全干燥——这可能需要24个小时,重复第4步,再铺一层报纸。等晾干后,再铺一层。

6 干透以后,在地球仪的不同区域涂上绿色和蓝色,分别代表陆地和海洋。你可以照着一个真正的地球仪画,这样更容易画好。

原理

你做好的地球仪是一个球状模型。地球仪是地球的缩小版。因为它是球状的,所以比二维平面地图更准确。有些地球仪还有凸起的山脉。为了做得更逼真一些,你也可以尝试给地球仪加上山脉。

081

动手做一做

制作世界时钟

算一算世界不同地区的时间吧。你在吃早餐时,世界另一端的人可能在做什么?

准备材料
- 两张硬纸板
- 尺子
- 铅笔
- 圆规
- 剪刀
- 量角器
- 彩笔
- 图钉

1 剪下一块硬纸板,长38厘米,宽38厘米,准确标出中心点(要想找到这个点,可以用尺子画两条对角线,这两条线相交的位置就是中心点)。

2 在另一块硬纸板上,用圆规画一个半径为15厘米的圆,把这个圆剪下来。

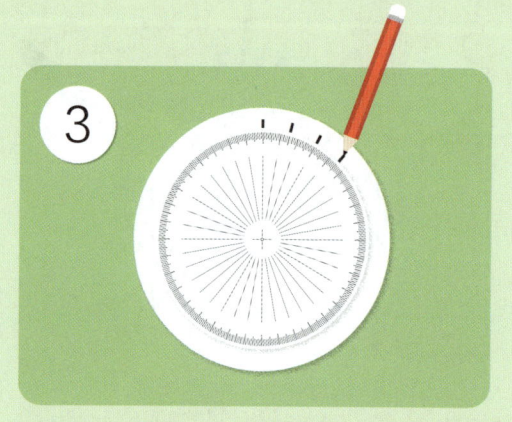

3 标出圆心的位置,然后用量角器将圆分成24等分——把量角器的中心放在圆心上,从圆的顶端开始,每隔15°做一个标记,直到一圈标完为止。